Felicitas Hoppe

Picknick der Friseure   Geschichten

Rowohlt

1.–4. Tausend März 1996
5.–7. Tausend Oktober 1996
Copyright © 1996 by Rowohlt Verlag GmbH,
Reinbek bei Hamburg
Alle Rechte vorbehalten
Lektorat Andreas Anter
Umschlaggestaltung Susanne Müller
Satz aus der Bembo (Linotronic 500)
Gesamtherstellung Clausen & Bosse, Leck
Printed in Germany
ISBN 3 498 02928 2

Picknick der Friseure

Die Handlanger

Kein Zweifel, mein Geliebter will nicht mehr Hand an mich legen, und es ist Zeit, daß ich mich nach neuen Handlangern umsehe. Ich ging auf die Straße und rümpfte die Nase, denn die hohe Kunst des Beweinens habe ich nicht gelernt. Ich kam in unseren Kurpark, wo die Schwäne schwimmen.

Da traf ich den Gärtner. Gleich kamen wir ins Gespräch. Der Gärtner legte die Gartenschere aus der Hand und die auf diese Weise frei gewordene Hand, jetzt ganz ohne die Kraft, mit der er bis eben noch die Schere gehalten hatte, auf meine Schulter. Er lud mich ein, mit ihm den Park zu begehen, die Pflanzen und die Tiere und die Spaziergänger zu bestimmen und ihm im Vorübergehen meine Lebensgeschichte zu erzählen.

Mein Geliebter, begann ich, erklärt, er könne nicht mehr Hand an mich legen, da aus mir nichts wird. Ist das denn wahr, fragte entzückt der Gärtner. Das allerdings ist wahr, entgegnete ich, denn mir fehlt dreierlei: erstens der Glanz des Ruhms, zweitens der Glanz des Geistes, drittens der Glanz des Körpers.

Diese Auflistung, rief begeistert der Gärtner, ist ganz nach den Gesetzen der Logik zusammengestellt, aber sie ist alles andere als vollständig. Und wie um die Leere meiner Rede durch entschlossenes Tun auszufüllen, zog er mich unter einen in der Nähe wachsenden Busch, wo er mich nach den Regeln des Gartenbaus zu trösten versuchte.

Vieles spricht nicht gegen das Schreiben. Es ist eine warme und geschützte Tätigkeit. Selbst bei schlechter Witterung gelingt hin und wieder ein lesbarer Satz. Natürlich neigt der Schreibende zur Rechthaberei, weshalb mein Geliebter nicht mehr Hand an mich legen will und mich zwingt, ohne Gartenschere unter einem Busch zu liegen.

Mein Bericht ermüdete den Gärtner. Erschöpft schlief er neben mir ein. Kichernd näherte sich eine Gruppe von Spaziergängern, die einen so fröhlichen Eindruck auf mich machten, daß ich auf ihre Gesellschaft nicht verzichten wollte. Ich zog mein Kleid glatt und hakte mich bei einem von ihnen unter, der, wie sich an der Biegung herausstellte, Sohn eines Erfrischungsgetränkefabrikanten war und ein kurzweiliges Leben führte. Wir kamen gleich ins Gespräch, erörterten unsere Vorliebe für erfrischende Getränke aller Art und gelangten zu einem kleinen Pavillon, in dessen Innerem wir uns auf einer Holzbank niederließen, um einander auch den Rest persönlicher Wahrheit nicht vorzuenthalten. Sie werden den Anschluß an ihre Gruppe verlieren, sagte ich. Er zuckte nur mit der Wimper und lud mich zum Abendessen im Kurparkrestaurant ein. Die Sonne stand noch nicht tief genug, um Abschied voneinander zu nehmen.

Wir betraten Arm in Arm mit Appetit das kleine Kurparkrestaurant. Der Sohn des Erfrischungsgetränkefabrikanten war offenbar ein gerngesehener Gast, denn nicht weniger als drei Kellner hielten uns die Speisekarten so dicht unter die Augen, daß ich mich beim besten Willen nicht entscheiden konnte. Nach langem Hin und Her entschied ich mich schließlich für den dritten. Wir zogen uns

8

in das Billardzimmer zurück, wo ich ihm meine Lebensgeschichte erzählte, während aus der Gaststube das laute Schmatzen des Fabrikantensohns zu uns herüberdrang.

Der Kellner erwies sich als verständiger Zuhörer. Er stellte behutsam die eine oder andere Frage, ohne dabei seine Berufspflicht zu vernachlässigen. Ich kann sagen, daß ich an dem Abend gut gegessen habe, was hinterher zu einem kleinen Streit mit dem Sohn des Erfrischungsgetränkefabrikanten führte. Stammkundschaft bringt am Ende nichts als Ärger, hoch die Erwartung, groß die Enttäuschung, sagte der Wirt, schließlich ist man gezwungen, Hand anzulegen, ohne es zu wollen. Ach wenn Sie wüßten, wie gut ich Sie verstehe, rief ich laut, aber da hatten mich die Kellner bereits auf ihre Schultern gehoben. Sie trugen mich vorbei an dem Sohn des Erfrischungsgetränkefabrikanten, an dem See mit den Schwänen, die nicht wissen, wovon die Rede ist, hinaus in die Nacht.

Als wir an dem kleinen Musikpavillon vorbeikamen, in dem eine dünnbemannte Kapelle die übriggebliebenen Kurgäste aufzuheitern versuchte, sprang ich ab. Ich setzte mich auf einen kleinen gelb gestrichenen Klappstuhl in der ersten Reihe, um für den Rest des Abends dem Dirigenten unermüdlich Kußhände zuzuwerfen. Dreierlei beeindruckte mich: erstens die Größe seiner Gesten, zweitens ihre Dichte, drittens die Enge seines Fracks, viel zu eng für den Glanz seines Körpers.

Ich will von nun an mein Leben an der Seite des Dirigenten unseres Kurparkorchesters verbringen, der abends gegen zehn den Taktstock aus der Hand legt, um die Leere meiner Rede durch entschlossenes Tun auszufüllen.

Der Balkon

Was für eine Familie, schrie der Hausverwalter und schlug mir, ganz nach seiner Gewohnheit, gleich mehrmals auf den Kopf, als er mich in der Schlange entdeckte, wobei er so tat, als wolle er sich nur eine Zigarette anzünden und mein Kopf sei gerade dort, wo er das Zündholz reibe. Ich steckte meinen Kopf tiefer zwischen die Schulterblätter, wir sind eine ganz normale Familie, und daß ich hier stehe, erklärt sich daraus, daß ich klein und leichtgewichtig genug bin, von meiner Mutter jeden Morgen in ein Paar zu großer Hosen gesteckt zu werden, an deren Innenseite sie mit Hilfe einer großen Sicherheitsnadel die kleine Geldbörse befestigt. Man wickelt mich in einen Pullover und wirft mir eine Decke über die Schultern, die mich durch den Tag bringen soll. Meine beiden Schwestern stellen mich in die Gummistiefel meines verschollenen Bruders und drücken mir, bevor sie mich zur Tür hinausschieben, flüchtige Küsse auf die Wangen, die eine auf die linke, die andere auf die rechte, denn unsere Familie lebt nach festen Regeln.

Draußen starre ich auf einen vorübergleitenden Flußkahn, den ich freundlich grüße. Mein Vater, der zwischen Bier und Schnaps auf der Fensterbank hockt und mich bei dieser Vergnügung erwischt, prügelt mich grün und blau, obwohl er gerade erst meine Mutter kurz und klein geschlagen hat, was ich verstehe, denn sie hat unsere Familie ruiniert durch den Ankauf von Kurzwaren aller Art bei vorüberfliegenden Händlern. In unserer Wohnung stapeln sich Kisten und Kästen, gefüllt mit Gummizügen, Knöpfen, Wäscheklammern und Schnürsenkeln verschiedenster Sorten und Größen, mit denen hier weiß Gott niemand etwas anfangen kann. Während mein Vater seiner Verwaltungspflicht nachkommt, bedienen meine Schwestern die Gäste im Hinterzimmer, freundliche ältere Herren, die es in der Regel ohne viel Aufhebens tun.

Sicher wären wir verloren, wohnte nicht im Nebenhaus meine Tante, die glückliche Besitzerin eines Balkons ist, den sie wochenends stundenweise an Frischluftnärrische vermietet, an Menschen, die es lieben, morgens in rotseidene Bademäntel gekleidet auf Balkone zu treten, sich dort zu recken und zu strecken und die Zähne zu blecken und auszurufen: GUTEN MORGEN, DU SCHÖNER TAG, WAS BRINGST DU MIR HEUTE? Gelegentlich stürzt einer hinunter, und augenblicklich versammelt sich eine größere Menschenmenge unter dem Balkon meiner Tante, die in solchen Fällen die Treppe hinunterzuspringen pflegt, sie ist nicht mehr jung, und in einer kleinen Blechbüchse Gelder für die Gefallenen sammelt. Mit Hilfe der Gummizüge meiner Mutter verschnürt sie die Gestürzten zu handlichen Paketen, so daß sie anstandslos abgeholt werden können. Kommen die Angehörigen, so treten wir gemeinsam an und schmettern ein Liedchen, damit Rührung aufkommt. Mein Vater schenkt Schnäpse aus und läßt sich Trinkgelder zukommen.

Was für eine Familie, schrie der Hausverwalter und schlug mir ein viertes Mal auf den Kopf, bevor es mir gelang, unter den gespreizten Beinen meines Vordermannes hindurchzuschlüpfen, der gerade seine Hosen geöffnet hatte, um Wasser zu lassen. Meinst du vielleicht, ich wüßte nicht Bescheid, brüllte der Hausverwalter und fuchtelte dabei so sehr mit den Armen, daß er nach hinten zu fallen drohte. Sein Hintermann fing ihn auf, und er drehte sich um und begann, ihm Einzelheiten zu verraten. In der Kälte ohne Bewegung freut man sich über Neuigkeiten.

Ich versuchte mich Stück für Stück in der Schlange weiter nach vorne zu arbeiten, denn obwohl mein Vater jeden Morgen behauptet, mein Bruder werde zurückkommen und mich in der Schlange ablösen, weiß ich, daß ich mich nicht darauf verlassen kann. Ich ziehe es vor, auf eigene Faust voranzukommen. Da ich mich verspätet hatte, waren die Aussichten schlecht, unten Stiefel, oben Mützen, so weit das Auge reichte. Vor mir saßen drei Männer an einem Tischchen von der Art, wie viele es wegen der langen Wartezeiten mit sich führen, wenn sie zu Einkäufen unterwegs sind. Drum herum hatten sie kleine Klapphokker aufgestellt und gaben sich mit Eifer dem Kartenspiel hin. Sie aßen dabei große, verschwenderisch breit geschnittene Wurstbrote, wie man sie in unserer Gegend selten zu sehen bekommt. Zwischen den Scheiben quoll dick die fettige Wurst hervor, und mir lief das Wasser im Munde zusammen. Ich versuchte, mich durch Einflüsterungen bei dem mir am nächsten sitzenden Spieler beliebt zu machen. Tatsächlich begann er sofort unausgesetzt zu gewinnen, schlug mir kameradschaftlich gegen den Kopf, kniff mich in die Wangen, riß vor Freude an meinen Ohren, nannte mich Goldkäferchen und seinen Glücksstern, machte aber nicht die geringsten Anstalten, mich an seinem Gewinn zu beteiligen, so daß ich schließlich wie ein Hund nach dem Happen schnappte.

Gleich begriffen die anderen, was gespielt wurde,

sprangen auf und begannen zu schreien, knüpf ihn auf, den kleinen Teufel, brüllte der eine, o nein o nein, wir ersticken ihn in seiner Decke, schrie der andere. Ich kroch in Windeseile unter den Tisch, von wo aus ich den dreien dabei zusah, wie sie einander die Hälse umdrehten, was ein Vergnügen war. Die Schlange geriet in Bewegung. Jeder nahm gern die Gelegenheit wahr, und so schlugen sie ohne Rücksicht auf Verluste einer auf den anderen ein, was das Zeug hielt. Mützen wurden fester über die Ohren und tiefer in die Stirnen gezogen, Fäuste geballt, einige zogen kleinere Brot-, Fisch- oder Fleischmesser aus den Manteltaschen, um damit einander zuzusetzen. Ich hockte noch immer unter dem Tischchen, da meine Hosenträger sich in der Klappvorrichtung verhakt hatten. Neben mir sah ich stampfende Füße und hin und wieder das zu Boden geschlagene Gesicht einer Menschenseele. Ich sammelte ein paar Zähne ein, weil ich annahm, sie könnten meinen Schwestern Freude bereiten. Mir war ganz warm geworden, denn es brodelte und dampfte um mich her. In fliegender Hast machten sich die Menschen an den Rucksäkken ihrer Vorder-, Hinter- und Nebenmänner zu schaffen und stopften in Taschen und Münder, was sie zu fassen bekamen.

Plötzlich sah ich das Gesicht des Hausverwalters dicht neben meinem. Da ist er ja, kreischte er, und seine Augen glänzten vor lauter Vorfreude, warte nur, Bürschchen, jetzt schneiden wir alles ab, was lose von dir herunterhängt! Er konnte mich aber nicht recht zu fassen bekommen, da ich an meinen Hosenträgern hängend unter dem Tischchen hin- und herwippte. Ich legte meinen Finger an die Lippen und bedeutete ihm zu schweigen, wobei ich eine geheimnistuerische Miene aufsetzte. Er stutzte und brach dann in schallendes Gelächter aus, mit was denn,

keuchte er und drohte beinahe an seinem Lachen zu erstik-
ken, mit was willst du mich denn bestechen?

Der Hausverwalter ist aber ein guter Mensch, und nur
bestechliche Menschen sind gute Menschen. So schob er
schließlich sein Ohr unter den Tisch. Ich versprach ihm
feierlich, ihn auf den Balkon meiner Tante zu führen. Ich
selbst bin nie in der Wohnung meiner Tante gewesen. Erstens werden in unserer Familie aus Prinzip keine Bademäntel getragen. Zweitens bin ich ohnehin gezwungen,
den ganzen Tag an der frischen Luft zu verbringen, und so
habe ich den Balkon meiner Tante nie betreten. Nicht
einen Pfennig, sagte ich, und ich sah, daß die Augen des
Hausverwalters anfingen zu leuchten, du sollst den Balkon haben und die Tante und alles, was darauf ist.

Es war ein Sonntagmorgen, als ich den Hausverwalter
in die Wohnung meiner Tante führte. Sie trug Locken-
wickler im Haar, und ein Morgenrock, mit blauen und
gelben Sternen verziert, umflatterte ihren Körper, der
Hausverwalter bekam wäßrige Augen und verlor keine
Zeit, meine Tante auf das kleine Sofa neben dem kalten
Ofen zu werfen, um sie durch und durch zu wärmen.
Ich hörte sie NICHT DOCH rufen, während ich mir den
roten Bademantel überwarf, die Tür zum Balkon öffnete,
hinaustrat, mich reckte und streckte und die Zähne
bleckte und die Arme ausbreitete und ausrief: GUTEN
MORGEN, DU SCHÖNER TAG, WAS BRINGST DU
MIR HEUTE?

Als ich mich über das Geländer beugte, sah ich, daß sich
unten bereits eine größere Menschenmenge versammelt
hatte. Meine Mutter machte mir undeutliche Zeichen und
winkte mit einem Bündel Hosenträger, das sie gerade er-
standen haben mußte, während mein Vater sie von hinten
heftig an den Haaren zog. Ich erkannte meinen Bruder,

14

der mir mit ausladenden Gesten zu verstehen gab, den Balkon sofort zu verlassen. Ich sah meine Schwestern unaufhörlich die Lippen bewegen und mir Kußhände zuwerfen. Auch ich begann, Kußhände zu werfen. Ich beugte mich weit über das Geländer, um ihre Worte zu verstehen, und stürzte hinunter.

Der Flug war kurz. Ich landete auf dem Pflaster, ohne besonderen Schaden unter den Versammelten anzurichten. Meine Tante sprang die Stufen hinunter mit aufgelöstem Haar, Gummizüge unter dem Arm, und verschnürte mich mit wenigen raschen Handgriffen. Mein Vater ging die Schnapsflasche holen, meine Mutter rang ein Weilchen die Hände. Als sie mich in die Kiste legten, begannen sie zu singen, und ich stellte nicht ohne Erstaunen fest, daß mein Bruder trotz seiner langen Abwesenheit das Lied nicht vergessen hatte.

Die Pilger

Als mein Vater, der aus einer Familie mittelmäßiger Schauspieler stammt und dem jede Art von Kostümierung verhaßt ist, weil er als Kind auf schmutzigen Vorstadtbühnen kleine Affen, Indianer und Papageien hat mimen müssen, und dem noch heute das schadenfrohe Gelächter des Publikums in den Ohren dröhnt, als mein Vater also an einem regnerischen Sonntagnachmittag meine Mutter dabei erwischte, wie sie im Badezimmer heimlich bunte Perücken, eine nach der anderen und offensichtlich mit großem Vergnügen, aufprobierte, konnte er nicht umhin, sie fürchterlich zu strafen. Er tat dies, indem er sie, die sich schreiend eine knallrote Perücke über die Ohren preßte, aus dem Badezimmer schleifte und so lange mit seinem Gürtel verprügelte, bis sie geständig war und das Versteck ihrer Kostüme preisgab.

Vielleicht hätte mein Vater meiner Mutter verzeihen können, hätte er nicht zwischen ihren Kostümen, die sorgfältig in einem Koffer verstaut waren, kleinere Schnapsflaschen in größeren Mengen entdeckt, und so fand sie vor seinen Augen keine Gnade. Er schleppte sie vor den Hausaltar im Erdgeschoß, wo er sie zwang, niederzuknien und Buße zu tun, worauf meine Mutter, die für das Beten nicht die geringste Begabung besitzt, in ein so haltloses Gelächter ausbrach, daß er sich gezwungen sah, sie ein für allemal aus dem Haushalt zu entfernen.

Fortan unterstand ich der strengen Leibwache durch meine Großtante. Sie bügelte meine Hemden, Taschentücher und Unterhosen.

Sobald meine Mutter das Haus verlassen hatte, kehrte eine solche Ruhe ein, daß ich unter Erstickungsanfällen zu leiden begann, die stets harmlos mit einem leichten Kratzen im Hals beim Herunterleiern der Gebete während der von meinem Vater verordneten Morgenandachten begannen, von Gebet zu Gebet aber zu einem bedrohlichen Kloß in meinem Brustkorb anwuchsen, so daß ich die letzten vier Vaterunser nur unter Stocken und Pfeifen herausstoßen konnte, bis mein Vater mir mit einem großen weißen Tuch unwillig über die Stirn wischte und meiner Großtante gestattete, mich in mein Zimmer hinaufzubegleiten, wo ich in der Regel in eine Ohnmacht fiel, aus der ich erst Stunden später fiebernd erwachte.

Wie man sieht, war ich früh auf das Sterben vorbereitet, wobei mich lediglich der Gedanke schwermütig stimmte, ich könnte meine Mutter vor meinem Tod nicht wiedersehen, und so begann ich mit aller Kraft von ihr zu träumen. Ich begegnete ihr oft, mit einem breiten Lächeln im Gesicht und einer knallroten Perücke auf dem Kopf, denn an ihre wirkliche Haarfarbe konnte ich mich nicht erinnern. In unserem Haus hängen keine Bilder.

Und so heftig und häufig gelang es mir, von ihr zu träumen, daß ich eines Morgens selber vollkommen rothaarig erwachte. Entsetzt schlug meine Großtante die Hände vor das gelbe Gesicht, zerrte mich ins Badezimmer und wusch stundenlang unter einem Strom kochendheißen Wassers meine Haare. Die Farbe wich nicht, und so band sie mir ein lindgrünes Tuch um den Kopf, um meinen Vater nicht zu beunruhigen, dem ich weismachen sollte, ich trüge einen kalten Umschlag gegen meine Fieberanfälle.

Das ging gut so, bis mir eines Tages auf einer unserer langen und mühsamen Wanderungen, die mein Vater mit mir unternahm, um meinen Gesundheitszustand zu festigen, ein heftiger Windstoß das Tuch vom Kopf riß, worauf mein Vater, dessen Zorn in Worten nicht zu beschreiben ist, einen Friseur ins Haus holte, der mir jeden Morgen den Kopf kahl schor bis hinunter auf die Kopfhaut. Aber weder unter der Hand des Friseurs noch unter der Hand meiner Großtante, die verzweifelt versuchte, mit eigenartigen Essenzen und Tinkturen mein Haar in allen erdenklichen Farben einzufärben, noch unter den Gebeten des Pfarrers, den mein Vater dafür bezahlte, daß er Messen für mich las, und auch nicht unter der Hitze der folgenden Sommermonate ließ sich eine zufriedenstellende Änderung meiner Haarfarbe erreichen. Die Haare blieben rot, sie ließen sich nicht färben, nicht bleichen, nicht scheren. Ging ich abends glatzköpfig zu Bett, stand ich am nächsten Morgen in voller Haartracht wieder auf, weshalb mein Vater kurz davor war, seinen Verstand zu verlieren.

So beschloß er im darauffolgenden Herbst, sich mit mir auf eine Pilgerreise zu einem heiligen Brunnen zu begeben, von dem er sich große Wirkung versprach. Meine Großtante faltete meine Unterhosen und ihre Hände und begleitete uns bis ans Gartentor, von wo sie uns ein letztes Mal zuwinkte.

Es war November, und ein stürmisches Wetter hatte eingesetzt. Wir kamen nur mühsam voran, zumal mein Vater, der der festen Überzeugung ist, daß nur wer sich in Ehrfurcht und auf eigenen Beinen der heiligen Stätte nähert, sein Heil zu erhoffen hat, nicht zuließ, daß uns einer der vorüberfahrenden Wagen mitnahm. So wanderten wir drei Tage und drei Nächte, bis wir an dem heiligen Brunnen ankamen.

Das Gedränge war groß, jeder kämpfte um seinen Platz, so daß der Atem mir knapp zu werden drohte, während ich versuchte, die Hand meines Vaters im Getümmel nicht zu verlieren. Menschen schwenkten Krücken und Lumpen, entstellte Gesichter mit verdrehten Augen waren zum Himmel gewandt. Alles schob und drückte zum heiligen Wasser, und mein Vater zog mir die Fellmütze, die er eigens für die Reise gekauft hatte, fester über die Ohren.

Es dauerte einen weiteren Tag und eine weitere Nacht, bis wir an der Reihe waren, mein Heil zu versuchen. Unter den innigen Gebeten ortsansässiger Mönche tauchte man mich bis über die Schultern hinab in das Wasser, bis ich glaubte, mein Ende sei nun gekommen. Aber als ich gerade im Begriff war, meine Seele ich weiß nicht wem anzuempfehlen, zogen sie mich wieder heraus, schlugen mir auf den Rücken und kniffen mich in die Wangen, bis ich die Augen aufschlug und in das strahlende Gesicht meines Vaters blickte. Es war das erste und einzige Mal, daß ich meinen Vater glücklich machte, denn ich trug kein einziges Haar mehr auf dem Kopf. Wahrscheinlich spiegelte sich freundlich die Morgensonne auf meiner Kopfhaut, während mein Vater verschämt den unablässig singenden Mönchen eine größere Summe in die Hand drückte und mich einen unscheinbaren Moment lang an sein klopfendes Herz, bevor er mir entschlossen die Mütze wieder auf den Kopf schob und murmelte: Gott sei Dank!

Mein Vater war an diesem Tag so glücklich, daß er mich, ganz gegen seine Gewohnheit, zum Essen ausführte. Wir gingen in ein nahe gelegenes Gasthaus, und zu meiner großen Verwunderung stellte ich fest, daß mein Vater aß und trank, was das Zeug hielt, kleinere Schnäpse in größeren Mengen und kleine Hühnerschenkel und frischgebackene Kartoffeln dazu in Hülle und Fülle und wieder Schnäpse, und die Limonade für mich floß in Strömen, so daß ich mir vor lauter Begeisterung und innerer Wärme beinahe die Mütze vom Kopf gerissen hätte.

Da es spät geworden war, beschloß mein Vater, die Heimreise auf den nächsten Tag zu verschieben. Wir verbrachten den ganzen Abend in der Wirtschaft zusammen mit einigen anderen Pilgern. Die Wände des kleinen Saals waren wie für ein Fest geschmückt mit den Krücken und Lumpen der unverhofft Geheilten. Alle, die Arme und Beine wieder bewegen konnten, versammelten sich um den großen Tisch in der Mitte des Raumes und begannen zu tanzen und zu springen, was meinen Vater dazu veranlaßte, die Stirn zu runzeln, aber der Wirt beschwichtigte ihn mit einem weiteren Schnaps: Trinken Sie nur, mein Herr, das ist ja auf Kosten des Hauses, kostenlos wie die Gnade des Herrn!

Es war bereits weit nach Mitternacht. Die Augen meines Vaters waren schon glasig, als sich plötzlich die Tür öffnete und eine Schar bunt Vermummter den Saal betrat. Sie trugen Masken und Kostüme verschiedenster Art und spielten Melodien auf mir vollkommen fremden Instrumenten, so daß mir schwer ums Herz wurde. Die Augen meines Vaters begannen zu glänzen, er zog mich sogar auf seinen Schoß, damit ich das Treiben besser beobachten konnte. Ich spürte, wie seine kräftigen Schenkel im Takt bebten. Ich meinte sogar, ihn leise mitsummen zu hören. Seltsame Gestalten mit langen roten Nasen drängten sich zwischen die Tische, tranken aus den Gläsern der Gäste und schnappten sich, was auf den Tellern liegengeblieben war.

Aber als einer plötzlich begann, auf einem riesigen

Kamm zu blasen, wurde es totenstill im Saal. Eine junge Frau in einem glänzenden Gewand und mit einer roten Perücke auf dem Kopf stieg auf die Bühne und begann zu singen. Und als sie zu singen anfing, begannen die Rotnasigen zu schluchzen. Ihre Tränen blieben lange an ihren Nasenspitzen hängen, bis sie schließlich schwerfällig auf die Tische und auf den Boden tropften. Ich fühlte, wie die Hände meines Vaters schweißnaß wurden. Seine Lippen begannen zu zittern, und ein pfeifender Atem drang laut aus seiner Brust. Ich begriff, daß er daran dachte zu sterben. Schwankend erhob er sich vom Tisch, griff nach dem Rocksaum der Sängerin, zog sie herunter in den Saal und begann mit ihr zu tanzen.

In der Nacht lag ich atemlos in meinem Bett und lauschte andächtig meinem Vater, der im Nebenbett unter dem Bild der Madonna, das der Wirt eigenhändig am Abend zuvor auf den Wunsch meines Vaters, erfüllt von dem, was uns geschehen ist, über dem Kopfende angebracht hatte, lange und ausdauernd meiner Mutter zusetzte.

Am nächsten Morgen schien die Sonne hell durch das Fenster, und die Haare standen mir wieder zu Berge.

Picknick der Friseure

Jedes Jahr im Mai kommen die Friseure. Wir möchten Fähnchen schwenken wie sie und weiße Kittel tragen mit demselben Stolz. Wir bewundern ihre langen, geschmeidigen Hände und verdrehen gierig die Augen nach den großen Körben, die verheißungsvoll an ihren Armen hängen, gefüllt mit weißen Kaninchen und Eiern, Wein und Gebäck.

Es regnet nie, wenn die Friseure kommen. Sie brauchen nicht nach oben zu schauen, um zu wissen, daß der Himmel blau ist und die Sonne sich in ihren blanken Köpfen spiegelt. Wie Netze werfen sie weiche Decken aus, gleich neben dem See unter schattigen Bäumen in unserem Stadtpark. Sie haben nie Eile und liegen, wie Sommerstudenten, die Arme verschränkt unter den Nacken, mit halbgeschlossenen Lidern im Gras. Was hinter den Lidern vorgeht, wissen wir nicht, sie öffnen keine Bücher und hinterlassen keine Notizen in den Papierkörben. Wir lauern flach im Gebüsch und lauschen ihrem unschuldigen Atem, bis endlich einer sich erhebt, um das erste Kaninchen zu schlachten.

Zu den Tätigkeiten des Friseurs gehört das Waschen, das Schneiden, das Legen, das Kämmen, das Blondieren, das Färben, das Tönen, das Pflegen, das Ondulieren, das Glätten der Haare gegen den Wind, das Rasieren, das Maniküren, das Pediküren, das Anfertigen von Perücken und

Haarteilen. Das liest das Kaninchen aus der haarlosen Hand des Friseurs, das wissen auch wir, zitternde Spione im Maibusch, aber wenn die Schere aufblitzt, kneifen wir fest die Augen zusammen und pressen die Hände auf Ohren und Kopf, als hätten wir noch immer den Trick nicht begriffen, wie alles nachwächst. Da lacht der Friseur und winkt uns zu und schlägt ein Ei in die Pfanne.

Wir aber gehörten nicht dazu. Mit Kahlköpfen speisen, das bringt kein Glück, sagte unsere Großmutter und rümpfte die Nase, als hinge ein Unglück in der Luft. Sie schnitt uns die Haare nach eigener Art mit stumpfer Schere kreuz und quer, wer wollte schon schön sein bei solchem Wetter. Sie verhängte die Fenster mit schweren Tüchern, wenn die Friseure vorbeizogen, und nagelte Bretter vor die Tür. Aber wir entwischten durch den Keller und hörten sie hinter uns keifen, als wir die Straße hinunterjagten. Wir konnten nicht warten, wir wollten schön sein, wir wollten auf weichen Decken sitzen und mittafeln an einem richtigen Tisch, ein weißes Tuch ohne Flecken und Reste, denn die Friseure saugten mit glänzenden Lippen das Fleisch von den Knochen, bis sie schimmerten wie polierte Zähne. Dann warfen sie sie in hohem Bogen über ihre Schultern in den See. Und so traten wir atemlos in ihre Dienste.

Als der Abend kam, trugen wir stolz die Körbe voller leerer Flaschen, weshalb wir leicht schwankten, als wir ein letztes Mal am Haus unserer Großmutter vorübergingen, die Tür vernagelt und die Fenster verhängt, aber wir sahen sie deutlich hinter den Tüchern stehen, die Fäuste zum Abschied geballt.

Wir lernten das Handwerk gründlich und schnell. Den Sommer über wuschen wir Kittel und bügelten sie unter schweren Eisen, bis sie keine Falte mehr zeigten. Als die

Blätter fielen, begannen wir, zu schneiden und zu kämmen, zu färben und zu blondieren, so lange, bis uns die Haare endgültig ausgingen an den Händen, die weich und geschmeidig wurden wie die eines Meisters. Morgens prüften wir unsere Nägel auf Spuren der Arbeit, denn nur eine saubere Hand garantiert den Erfolg des Geschäfts.

Als der Winter kam, wurde uns kalt auf den Köpfen. Wir blickten auf von der Arbeit und sahen sie im Spiegel glänzen wie frische Kanonenkugeln hinter den Gesichtern der bleichen Gäste. Und als uns abends nicht mehr warm wurde zwischen den Decken, erzählten wir einander Geschichten von endlosen Sommern am See, die zu lang waren für unsere Nächte, denn schon im Morgengrauen stand die Kundschaft vor der Tür. Sie schlugen mit Fäusten gegen die zugefrorenen Scheiben, in die sie Löcher bliesen mit ihrem ungeduldigen Atem. Dann drängten sie zur Tür herein und schubsten sich gegenseitig von den Stühlen, als sei nicht Platz genug für alle. Das Wasser dampfte nicht schnell genug in den Kesseln, wir schwitzten und froren zwischen den Becken und brannten Locke um Locke und schwenkten Kämme, Bürsten und Spiegel: da seht ihr, wie schön wir euch hergerichtet haben, denn Weihnachten steht vor der Tür! Nachts fegten wir keuchend die Fliesen und schafften in Eimern die Haare in den Keller, um Perücken zu bauen wie Wintermützen. In unbeobachteten Momenten zogen wir sie uns gegenseitig über die Ohren und lachten haltlos beim Blick in den Spiegel, aber warm wurde uns nicht dabei.

Zu Neujahr kam die Rasur. Jetzt hielten wir endlich das Messer in Händen am Hals mit der Klinge aus Stahl, biegsam zwischen zwei Platten gespannt, und schäumten die schmutzigen Bärte ein. Die Gesichter der Kunden waren müde. Träge starrten sie in die Spiegel und fragten nicht lange nach dem Verbleib ihrer Bärte. Am Ende warfen wir ihnen frisches Wasser ins Gesicht und glätteten es mit unseren Händen. Wir pinselten letzte Haare aus ihren Nacken. Wenn wir ihnen die weißen Tücher von der Brust zogen, waren sie schön wie zum Aufbahren. Sie traten hinaus in das neue Jahr wie frisch gebadete Kinder, die glauben, daß wieder ein Frühling kommt. Er kam, und wir nahmen die Kittel und trugen sie hinab in den Keller, um sie zu verbrennen. Wir schliefen heimlich neben den Öfen und träumten von großen Reisen in wärmere Länder, die bartlosen Gesichter eng aneinandergeschmiegt.

Aber im Mai marschieren wir ein in die Stadt, den Rucksack gestopft mit Kaninchen und Hühnern und allem, was wir unterwegs zu fassen bekommen. Der Himmel ist blau, und die Mädchen schwenken bunte Fahnen. Im Stadtpark schlagen wir unsere Zelte auf und lassen uns von den Mädchen die Stiefel von den Füßen ziehen. Wir legen uns in ihre Arme und ziehen gierig an ihren Zöpfen, aber wenn wir sie küssen wollen, springen sie seitwärts weg in die Büsche und legen sich auf die Lauer. Erst wenn der Duft unverkennbar aufsteigt zwischen den Bäumen, hält es die Mädchen nicht länger. Sie springen hervor und lassen sich füttern und lachen und wischen uns mit ihren Zöpfen das Fett von den Wangen. Wir schlagen lang hin und kugeln ins Gras, als hätten wir nicht begriffen, daß nichts nachwächst.

Am Saum

Seit unser Vater begonnen hat, das Buch über den Feldhasen zu schreiben, ist in unserem Haus eine große Ruhe
eingekehrt. Auf Strümpfen schleichen wir hinter unserer
Mutter durch die Flure. Wenn wir an der Tür zum Arbeitszimmer unseres Vaters vorbeikommen, hebt sie warnend den Finger an die Lippen. Früher schrie sie den ganzen Tag und bewarf uns mit Töpfen und Tellern, wenn
wir vergaßen, Holzschuhe über die Strümpfe zu ziehen,
die zu waschen und zu stopfen sie die Lust verloren hatte.
Wir lieben das Laufen auf schweren Schuhen nicht, und
seit unser Vater begonnen hat, an seinem Buch über den
Feldhasen zu arbeiten, dürfen wir endlich beiläufig durchs
Haus flattern von Tür zu Tür, die Mutter streicht uns mit
rissiger Hand über die kurzgeschnittenen Köpfe, stillstill,
haucht sie, als stünde Weihnachten vor der Tür und als
habe man sich darauf verständigt, nur noch Blicke statt
Worte zu wechseln.

Plötzlich schwimmen Fleischklößchen in der Suppe
wie muntere Fischchen, die eingefallenen Wangen unseres
Vaters blasen sich auf wie rosige Luftkissen. Unser Vater
ist auf dem Weg, ein großer Mann zu werden, und unsere
Mutter wird die Frau sein an der Seite eines großen Mannes. Abends näht sie an einem Kleid, das sie instand setzen
soll, die Hände des Försters zu schütteln und die Hände
des Oberförsters und vielleicht die Hände des Regie-

rungsrats oder des Direktors der städtischen Volkshochschule.

Abends legen wir unsere Ohren an die Schlafzimmertür der Eltern, andächtig und voller Entzücken lauschen wir ihren Reden über den Feldhasen, barfüßig erschauern wir auf unserem Posten, denn wir haben begriffen, daß das in unserem Vater befindliche Wissen über den Feldhasen groß ist.

Unsere Mutter hat recht behalten. Der triumphierende Zug um ihre zu Bitterkeit neigenden Mundwinkel auf dem Hochzeitsfoto über der Ankleidekommode hat ihr Gesicht zurückerobert seit jenem Tag, an dem unser Vater mit einer für seinen zierlichen Körper übertrieben großen Geste das hölzerne Lineal auf das Lehrerpult warf und verkündete, er sei zu Höherem ausersehen, als die Namen von Wiesen- und Feldblumen in die Köpfe unbegabter Dorfkinder zu pflanzen. Härtere Worte sind nie aus dem Mund unseres Vaters vernommen worden. Am selben Tag ließ er sich vom Dienst befreien auf unbestimmte Zeit und machte sich ans Werk.

Weit öffnen sich die Türen unseres kleinen Hauses. Unsere Mutter bindet sich die Schürze los, schiebt mit dem Pantoffel Scherben von Töpfen und Tellern unter die Anrichte, und herein treten Assessoren, Oberförster und Volkshochschulvorsteher, lauter große Männer, die jahrelang unseren Vater vor der Kirchentür nur mit einem beiläufigen Zucken der Augenbraue grüßten. Jetzt stehen sie verlegen in unserem engen Hausflur und halten Flaschen mit selbstgebrannten Schnäpsen in der Hand. Unsere Mutter holt die Gläser aus dem Küchenschrank, stellt sie auf ein Tablett und trägt sie hinauf in das Arbeitszimmer unseres Vaters. Bevor sie die Tür öffnet, hebt sie den Finger an die Lippen und bedeutet den Herren zu schweigen, er ist sehr beschäftigt, sagt sie, aber ich werde mich für Sie verwenden.

Demütig neigen die Herren die Köpfe, schielen nach den Schnapsgläsern und betreten das Arbeitszimmer unseres Vaters. Wenn sich die Tür hinter ihnen geschlossen hat, kauern wir atemlos unter dem Treppenabsatz und ziehen uns vor Aufregung gegenseitig an den Haaren. Später kommen die Herren wieder die Treppe hinunter, unsre Mutter begleitet sie, den Kopf hoch, zur Tür, leise klirren die leeren Schnapsgläser auf dem Tablett. Am Rock wischt sie sich die Hände ab, und wir fliegen ins Bett ohne Schläge und Gebet.

Der Regierungsrat hat unserem Vater einen Bücherträger bewilligt. Jeden Morgen Punkt acht klingelt er an unserer Haustür und reißt unter tiefer Verbeugung die Mütze vom Kopf, wenn wir ihm öffnen. Hinter ihm auf dem Gehweg steht ein riesiger Bücherkarren, beladen mit den Büchern der letzten dreißig Generationen über den Feldhasen. Aus den Nachbarhäusern hängen die Nachbarsköpfe mit aufgerissenen Augen, aus denen der Neid tropft wie Regen von Blättern. Er schreibt ein Buch über den Feldhasen, flüstern sie einander zu, und ihr erregtes Flüstern schwillt an zu einem breiten Strom und ergießt sich wie ein gewaltiger Wasserfall hinunter auf die Straße.

Unsere Mutter wächst vor Stolz und bittet den Bücherträger herein. Wir dürfen uns weiße Handschuhe anziehen und fliegen die Bücher einander zureichend von Stufe zu Stufe bis hinauf zu unserem Vater, der hinter einem Schreibtisch sitzt und eine Brille trägt. Auf einem großen Blatt Papier notiert er die Namen der eingehenden Bücher. Wir haben Mühe, die Gestalt unseres Vaters hinter den Büchertürmen ausfindig zu machen, aber das eine oder andere Ohr des Feldhasen sehen wir von ferne zwischen den Seiten der Bücher, erhaschen hier und da ein Barthaar oder das Zittern seines Schwanzes zwischen den Buchdeckeln. Ganz sehen wir ihn nie, denn unser Vater macht uns ein Zeichen, das Zimmer sofort wieder zu verlassen. Wir gleiten die Stufen hinunter und hocken unter dem Treppenabsatz, von wo wir dem unermüdlichen Wenden der Blätter und dem Kratzen der Feder lauschen.

Nachts träumen wir vom Feldhasen, der Besitz von unserem Haus ergriffen hat. Er sitzt auf dem Sonntagskanapee und in der Besteckschublade, wir finden ihn in der Badewanne und bleiben schmutzig. In den Zimmern, auf den Tischen und in den Dielenritzen finden wir Reste geriebener Mohrrüben. Die karottengelben Finger unserer Mutter auf unseren Köpfen sagen uns, daß die mageren Jahre vorbei sind. Unsere Ohren werden lang und weich unter dem Streicheln unserer Mutter, unser Gang flink und geschmeidig, unsere Augen sanft und wäßrig vom ungewohnten Glück. Wir beginnen zu beten, unser Vater möge das Buch über den Feldhasen nie beenden, denn man hat uns für die Dauer seiner Arbeit vom Schulbesuch befreit, damit wir ihm jetzt auf leisen Sohlen das Wasser und die Suppe reichen können.

Morgens putzen wir seine Brille und tragen stündlich stärkende Getränke hinauf in sein Zimmer, während unsere Mutter an der Nähmaschine singend das Kleid säumt, das sie instand setzen wird, die Hände des Regierungsrats zu schütteln unter den Augen der Nachbarn. Schön wird unsere Mutter aussehen, wenn der Regierungsrat aus dem Wagen steigt, und verlegen wird der Fahrer des Regierungsrats sich zur Seite wenden vor dem Angesicht unserer Mutter, die einen triumphierenden Zug im Gesicht trägt, so daß sogar der Regierungsrat den Kopf senken und verstummen muß.

Wir halten das Tablett mit den Schnapsgläsern, die Flasche zittert nicht in unserer Hand, denn wir sind den Besuch von auswärts gewöhnt. Wir tragen Kappen und Kragen aus weichem Fell, pelzbesetzte Jackenaufschläge und Schulterklappen und lassen unsere Ohren liebkosen vom Wind, der hereinweht zur Tür. Der Regierungsrat hustet leise, der Fahrer wischt ihm mit einem Tuch die Mundwinkel aus, und unser Vater setzt die Brille ab: ein Mann an der Seite einer großen Frau mit karottengelben Fingern.

Unser Vater trug wie immer die abgewetzte Lodenjacke, die ihm vor Jahren der Förster vererbt hatte, nachdem dieser aus der Form gegangen war. So bestieg er den Turm von Feldhasenbüchern. Groß macht ihn die Tat und festlich. Er lächelte ernst und beugte sich leicht nach vorne, damit der Regierungsrat ihm den Orden am Aufschlag der Jacke des Försters befestigen konnte, den der Bücherträger aus einer blankpolierten Blechschachtel geholt hatte. Bevor er ihn dem Regierungsrat reichte, hielt er ihn prüfend gegen das Licht, das durch das kleine Fenster des Arbeitszimmers schräg von hinten auf den spärlichen Haarwuchs unseres Vaters fiel und ihn freundlich bekränzte.

Die Augenbraue des Regierungsrats zuckte, als er das vergoldete Lorbeerblatt am Aufschlag der Försterjacke befestigte, und unser Vater, der nicht wußte, wohin mit den Händen, begann auf dem Feldhasenbücherturm gefährlich zu schwanken. Wir streckten ihm unsere Hände in den weißen Handschuhen entgegen und halfen ihm herunter auf den Fußboden. Dort blieb er stehen und starrte auf die Hände unserer Mutter, die die Gläser auffüllte und uns Zeichen gab, die Herren zu bedienen. Als der Regierungsrat das Schnapsglas an die Lippen hob, schob er seine Zunge zwischen den Lippen heraus und zwinkerte unserer Mutter zu, die herausfordernd das spitze Kinn ins Nachmittagslicht stieß.

Da hielt es die Nachbarn nicht mehr länger unter dem Treppenabsatz. Sie drängten die Stufen herauf zur Tür herein, hinweg über den Bücherträger, der umfiel wie ein Stück Holz, vorbei am Fahrer des Regierungsrats, der in der Ecke neben der Tür seiner Pflicht nachkam und keinen Tropfen trank. Sie renkten sich die Arme aus nach den Feldhasenbüchern, mit heraushängenden Zungen begannen sie, den Hasen zu jagen, rissen an seinen langen weichen Ohren und seinen fellbesetzten Schultern und griffen nach dem vergoldeten Lorbeerblatt, das auf dem Försterjackenaufschlag zitterte vor Glück und Angst. Die Augen unseres Vaters wurden so durchsichtig, daß man hinuntersehen konnte bis auf den Grund seines schlecht vernähten Herzens, das am Rocksaum des Kleides unserer Mutter hing, die, ihre schweren Hüften schwingend, in die Mitte des Zimmers getreten war, um die Hand des Regierungsrats zu schütteln, der sich fortwährend mit der Zunge über die Lippen fuhr.

Die Nachbarn begannen, zu klatschen und zu toben. Sie hatten jetzt ein Spalier gebildet, wie man es auf Hochzeitsfotos von Paaren, die durch Kirchentüren treten, bewundern kann. So standen sie und johlten, dann rannten sie hinter unserer Mutter und dem Regierungsrat die Treppe hinunter und bewarfen sie vor Begeisterung mit Töpfen und Tellern, bis unsere Mutter endlich in den Wagen des Regierungsrats eingestiegen war. Der Wagen setzte sich in Bewegung. Arme und Beine schwenkten sie, bis er in einer Staubwolke am Ende der Straße verschwunden war.

Aus dem Staub erhob sich der Bücherträger. Wir griffen ihm unter die Arme, als er unseren Vater die Stufen hinunterzog und auf den Karren lud. Wir standen in der Tür und winkten ihnen nach, bis wir sie nicht mehr erkennen konnten.

Das Refektorium

Seit drei Tagen vernehme ich eine vorbetende Stimme im Speisesaal, obwohl der Steward mir glaubhaft versichert hat, daß sich keine Vertreter religiöser Gemeinschaften an Bord befinden. Aber sobald ich meinen angestammten Platz bei Tisch eingenommen habe, erhebt sich aus der hinteren rechten Ecke ein Murmeln von Versen, die mir bekannt vorkommen. Sofort möchte ich mitsprechen, aber ich bewege nur unbestimmt die Lippen und halte den Kopf gesenkt, weil ich nicht die Aufmerksamkeit der Mitreisenden erregen möchte.

Wir kennen einander allzu gut. Selbst die Begüterten unter uns haben alle Mühe, jeden Morgen in einem neuen Kostüm aufzutreten. Es scheint aber, daß der Vortrag nur mir zu Gehör gebracht wird. Die anderen Passagiere setzen unbekümmert ihre Gespräche fort, während sie lustlos auf ihren Tellern herumstochern. Über den Speisezettel herrscht allgemein Mißstimmung, weshalb man hier die Mahlzeiten ausschließlich mit Reden über das Essen hinbringt.

Gestern habe ich mich dem Steward anvertraut. Er ist die einzige vertrauenswürdige Person an Bord. Den Schiffsarzt meide ich, obwohl er sich gleich bei Reiseantritt durch vorzügliche Empfehlungsschreiben bei uns eingeführt hat. Er ist ein Mann von schöner, stattlicher Erscheinung. Nicht nur weibliche Mitreisende stehen vor seiner Kabinentür Schlange, wenn er seine wöchentliche Sprechstunde abhält. Migräne- und Fieberanfälle mitten in der Nacht sind keine Seltenheit. Der Steward hingegen ist ein Mann, der sich bedeckt hält. Von kleinem Wuchs und wenig einnehmender Gesichtsbildung, legt er seine ganze Wirkung in seinen Blick, dem hier niemand standhalten kann. Ich sah hin und wußte, daß er die Wahrheit spricht. Aber kann der Steward alles wissen? Die Stimmen im Speisesaal reden nicht in menschlichen Zungen.

So bin ich in tiefes Grübeln verfallen, das sich auch bei meinen täglichen Spaziergängen auf Deck im Anblick schöner und junger Matrosenkörper nicht verliert. Ich habe es längst aufgegeben, die Blicke der Matrosen auf mich ziehen zu wollen, sie heben nicht einmal die Augen, wenn ich vorübergehe. Vom ersten Tag an schenkten sie mir keine Beachtung, obwohl die Witterung damals noch günstig war. Ich lehnte in leichter Sommergarderobe an der Reling und versuchte, meinem Hals einen verführerischen Bogen zu geben, etwa wie wenn man den Kopf leicht nach hinten neigt, um sich vor einem Sonnenuntergang fotografieren zu lassen. Niemals hätte ich gewagt, die Hängematten der Matrosen aufzusuchen wie meine Tischnachbarin, eine Frau in den besten Jahren, die die Matrosen für ihre Dienste bezahlt und mich gleich am ersten Tag über die geltenden Tarife in Kenntnis setzte. Der Schiffsarzt läßt sie vollkommen kalt, die Hand eines Mannes muß grob geschnitten sein, sagte sie, als man das Dessert servierte. Seither ist das Gespräch zwischen uns auf angenehme Weise verstummt.

Ich möchte meinen Platz im Speisesaal gegen keinen anderen tauschen. Mir gegenüber sitzt ein blinder junger Mann von unaufdringlichem Äußeren und mit ausgesuchten Manieren. Mit einem schönen Sinn für Gerech-

34

tigkeit verzehrt er seine Mahlzeiten. Den diensthabenden Kellnern dankt er mit einem Lächeln, das sein Gesicht aufschließt, die Kellner erröten bis über die Ohren. Erröten Sie nicht, sagt er, es ist mir heiliger Ernst. Er dreht seine weißen Augäpfel zum Fenster hinüber und faltet seine Serviette zusammen, bevor er sich erhebt und uns mit einem leisen Kopfnicken verläßt.

Der Platz neben dem jungen Mann ist für eine alternde Diva freigehalten, die eines Tages beim Sprechen eines langen Monologs auf der Bühne ihre Stimme verlor und es auf ihrer letzten großen Reise vorzieht, sich die Speisen in ihrer Kabine auftragen zu lassen. Dort erinnert sie sich beim Anblick des Meeres und der in schwarze Fräcke eingenähten Körper der Kellner der großen und leidenschaftlichen Gesten ihrer Vergangenheit. Auf ihre Abwesenheit bei Tisch möchten wir nicht verzichten, aber was wird sein, wenn sie eines Tages nicht mehr unter uns ist, um uns durch ihr Schweigen zu beglücken? Der schöne, stattliche Schiffsarzt wird eines Morgens ihren Tod feststellen. Kreischend wie Möwen stürzen wir von unseren rotgepolsterten Stühlen im Speisesaal. Überstürzt legen wir Trauerkleider an. Die Matrosen stehen in Reih und Glied, wenn man den Sarg mit dem Leib der Schauspielerin über den Landungssteg trägt. Sie holen Lieder aus ihren Kehlen hervor, die so schön und so traurig sind, daß die Damen am Kai sich die Schleier zerreißen und die Kinder Taschentücher hochwerfen, die sich am Himmel auffalten wie fliehende Seelen.

Wir bewegen unbestimmt unsere Lippen. Wir wissen nichts von den rauhen Kehlen in den kräftigen Hälsen der Matrosen und von den starken Zungen in ihren Mündern, mit denen sie Töne anschlagen, die über ihre glänzendroten Lippen springen. Sie singen von Ländern, in denen wir nie gewesen sind, und von Orten, die wir auf dieser Reise nicht mehr erreichen werden. Bis zum Ende der Begräbnisfeierlichkeiten werden wir in einem unbekannten Hafen festliegen.

Der Schiffsarzt hielt seine Brille gegen das salzige Licht und reinigte seine Instrumente. Die Passagiere waren schon ausgeschwärmt und überfüllten begeistert die kleinen Hafengaststätten. Sie tranken den billigen Wein, den sie so lange entbehrt hatten, und trugen ihr Geld in die Läden der Stadt. Die jungen Damen legten wieder die Sommergarderobe an und tauschten ihre Reisebegleiter gegen jüngere Kofferträger. Die Zurückgebliebenen prüften ihre Bestände und verschwanden in dunklen Hauseingängen.

Ich stand an der Reling und blickte in die Augen des Stewards. Aber der Steward ist nicht der Kapitän, und der Kapitän hatte das Schiff verlassen, um die nötigen Formalitäten zu erledigen. Zurückgeblieben waren nur die Kellner, die die umgestürzten Stühle im Speisesaal wieder an die richtige Stelle rückten und den Tisch frisch eindeckten für den blinden jungen Mann, der als einziger das Schiff nicht verlassen hatte. Er stand auf dem Sonnendeck und warf eine Handvoll Sand gegen den Wind.

Die Wichte

Als plötzlich ein Kleiner und eine noch Kleinere die Empfangshalle betraten, erwachten in den Sesseln die Gäste
und rissen gierig die Augen auf. Die beiden hielten einander fest an den Händen. Steil ragten die Hälse aus den Kragen ihrer Matrosenanzüge. Sie trugen weder Mäntel noch
Strümpfe. Draußen schneite es. Schnee lag auf den Spitzen ihrer Nasen und Schuhe. Bleiben Sie, wo Sie sind, rief
der Portier und befreite sie mit seinem Handfeger vom
Schnee, bevor er sie zur Rezeption führte. Der Kleine und
die noch Kleinere zogen dicke Bündel Geldscheine hervor, die das Rezeptionsfräulein einzeln gegen das Winter-
licht hielt, wie Fische, mit dem Kopf nach unten. Die
noch Kleinere warf die Arme in die Luft und drehte die
Handflächen nach außen, ehrlicher Hände Arbeit, sagte sie
und lachte. Der Portier wandte sich bestürzt ab, denn die
Hände waren so groß, daß er sein Gesicht darin hätte verbergen können, und ein Portier, dem seine Stellung lieb ist,
darf sich nicht in Momenten der Rührung erwischen lassen. Aber die Gäste sprangen aus ihren Sesseln auf und
applaudierten, als das Rezeptionsfräulein die Scheine nach
langem Zögern in der Kasse verschwinden ließ.

Arm in Arm gingen der Kleine und die noch Kleinere
zum Fahrstuhl, der sich unter der Hand des Portiers öffnete wie ein Vorhang. Wir fahren am liebsten allein, sagte
der Kleine, reichte dem Portier einen Schein und streckte

die Hand nach dem Zimmerschlüssel aus. Der Portier errötete, konnte aber nicht würdevoll nach Art der Portiers zur Seite treten, da das Publikum heftig von hinten nachdrückte. Feierlich wie zum Tode verurteilte Könige traten der Kleine und die noch Kleinere über die Schwelle und verneigten sich, bis die Tür sich hinter ihnen schloß.

Draußen schneite es noch immer. Der Schnee stand bis weit über die Türschwelle hinauf. Der Portier legte die Hand über die Augen. In der Empfangshalle war es totenstill. Aber dann hörte man den Kleinen und die noch Kleinere singen von unten nach oben. Sie hatten schöne und starke Stimmen, nur war nicht zu verstehen, wovon sie sangen. Das sind die Lieder unserer Jugend, riefen die Damen, nein die der Heimat, riefen die Herren, und im Eifer des Gefechts ihrer Erinnerungen überschlugen sich ihre Zungen, während das Rezeptionsfräulein die Scheine in der Kasse immer wieder aufeinanderschichtete und glattstrich.

Als man zum Abendessen läutete, drängten sich die Gäste bereits aufgeregt vor der Tür zum Speisesaal. Sie hatten ihre besten Kleider angelegt, und ihre Gesichter leuchteten festlich. Als der Portier endlich die schweren Türen öffnete, saßen in der Mitte des Saals auf hohen gepolsterten Stühlen der Kleine und die noch Kleinere. Ihre Füße berührten kaum den Boden. Sie hatten die schweren Servietten fest unter die Kragen gebunden, und auf ihren Köpfen schimmerten Kronen aus frischem Schnee. Bleiben Sie, wo Sie sind, sagte der Kleine, als er den Blick des Portiers im Nacken spürte, es hat seine Ordnung und wird nicht schmelzen. Der Portier blieb, den Handfeger in der Hand, auf der Schwelle stehen, während der Kleine sich wieder seinem Teller zuwandte und der noch Kleineren eine Gabel vor den Mund schob, die vorne besteckt war mit glasigen Erbsen. Die noch Kleinere zupfte mit den Lippen vorsichtig und einzeln die Erbsen von den Zinken, dann nahm sie eine Kartoffel vom Teller des Kleinen, wog sie prüfend in ihrer Hand, warf sie hoch in die Luft und fing sie aus dem Flug mit dem Mund auf, um sie langsam über ihre rosige Zunge in die Kehle und von dort weiter nach unten rollen zu lassen. Entzückt klatschten die Damen in die Hände, denn dies sind die Kunststücke ihrer Jugend, und sie begannen gleichfalls, Erbsen zu zählen und Kartoffeln zu werfen, aber die Erbsen sprangen ihnen von den Gabeln und die Kartoffeln fielen neben ihren aufgerissenen Mündern auf die weißen Tischdecken, von wo sie auf den Boden und unter die Tische rollten. Und als hätten sie ihr Leben lang darauf gewartet, warfen sich begeistert die Herren von den Stühlen und begannen, Erbsen und Kartoffeln zu jagen wie Murmeln, und ihr Atem dampfte wie heiße Suppe. Zwischen den Tischen kroch der Portier umher und versuchte, die Speisereste zusammenzufegen, konnte aber nicht nach Art der Portiers Ordnung schaffen, weil die Damen sich längst an seine Rockschöße gehängt hatten und versuchten, ihm die goldenen Knöpfe von der Uniform zu reißen.

Hinter den Fenstern fiel in faustgroßen Flocken der Schnee. Er lag dick auf den Fensterbänken, und hinter der Tür stand lauernd das Rezeptionsfräulein und strich sich den Rock glatt über den Beinen, bevor sie quer durch den Saal rannte, um ihr Gelächter über dem Portier auszuschütten, der auf dem Boden lag wie ein auf den Rücken gefallener Käfer. Die eine Hand hielt die weiße Fahne der Ergebung, die andere lag nach Art der Portiers grüßend an der Mütze. Aber das Rezeptionsfräulein stieß ihm einen Finger in die Brust und zog ihm den Schein aus der Tasche, den sie triumphierend in die Höhe hielt.

Da begannen der Kleine und die noch Kleinere zu singen, wir lagen vor Madagaskar und hatten die Pest an Bord, sie hatten schöne und starke Stimmen, und die noch Kleinere warf die Arme in die Luft, drehte die Handflächen nach außen und öffnete die Fenster. Langsam rutschte der Schnee von den Fensterbänken in den Speisesaal hinunter, schwere Flocken fielen in die Schüsseln, auf den ausgestreckten Finger des Rezeptionsfräuleins und auf die Gesichter der Gäste. Nur den Portier traf keine einzige Flocke, denn er barg sein Gesicht in den Händen der noch Kleineren, die sich längst im Schneetreiben aufgelöst hatte.

Hochgewachsene Männer
Sieben Porträts

Ich will keinen Frieden an weißgedeckten Tischen. Früher liebte ich fest in ihre Uniformen eingenähte Männer mit Gesichtern ohne Faltenwurf und Stiefeln, die sich wie Handschuhe um die Fersen schmiegen. Aber der Ring an der Hand eines Mannes ist ein Ring in der Nase des Bären, sagte mein Großvater der Schneider, der mich in die Welt der Stoffe einführte. Er ließ meine Hand über die verschiedenfarbigen Ballen gleiten und mich das Material zwischen Daumen und Zeigefinger prüfen. Seither weiß ich, woran ich bin, wenn mir ein Mann in die Finger kommt. Mein Großvater zeigte mir auch Fotografien derer, die sich unter seiner Hand haben einkleiden lassen. Sie blickten von der Wand auf mich herunter mit erhabenen Brauen und Stirnen ohne Lebenslinie, und ich beschloß, mich gleich meinem Großvater nicht unter Preis zu verkaufen.

Mein Großvater war klein und verließ seine Werkstatt nie. Sie war eng und dunkel. Aber mein Großvater hatte Katzenaugen, und wenn nach getaner Arbeit die Herren aus der Werkstatt auf die Straße traten, glänzten ihre frisch geschneiderten Anzüge wie Früchte im Herbstlicht, und sie gingen durch unsere Stadt, als seien sie unvermutet gewachsen und müßten nur noch geerntet werden.

Ein großer Geist braucht keinen Schneider, sagte mein Großvater und rieb sich die Hände. Er konnte sich kaum retten vor Kundschaft und arbeitete Tag und Nacht. Seine Kunden kamen von weit, sie wußten, was auf dem Spiel stand. Niemand näht wie mein Großvater, der mit dem einen Auge hinter die Stirnen blickt, während er mit dem anderen längst Maß genommen hat. Könige, Kaufleute, Bischöfe und Dirigenten hat er eingekleidet, Kapitäne, Diplomaten und Dichter, einfache Ehemänner allesamt, deren Frauen händeringend vor der Werkstattür im Regen stehen, denn mein Großvater läßt sich von niemandem in sein Handwerk pfuschen. Nur er weiß, an welcher Stelle einer kleinen Innentasche der weichen Weste ein Anflug von Geist einzunähen ist. Frauen, das weiß ich, wollen an dieser Stelle nichts anderes unterbringen als ein weißes Tränentuch, mit dem ihnen die Gatten zum Abschied winken sollen, bevor sie verschwinden auf Schiffen, Geschäftsreisen, Thronen und ferneren Inseln des Ruhms.

Als die Erntezeit kam, war für mich keiner übriggeblieben. Hungrig stand ich in der Werkstatt meines Großvaters und wartete darauf, daß sich die Tür für mich öffnet, aber mein Großvater wußte, was auf dem Spiel steht, Hingabe und Verstand. Wir können nicht knien, wir sind schon klein, sagte er. Und so verbrachte ich einen weiteren Winter damit, goldene Knöpfe an schwere Uniformmäntel zu nähen und so lange zu polieren, bis es in der Werkstatt hell wurde.

Erst als der Frühling kam, riß mein Großvater die Werkstattür weit auf, der Wind holte die Fotografien von den Wänden, und ich begriff, daß die Meuterei begonnen hatte, daß der Bischof dem König das Zepter genommen hatte und daß der Kaufmann seine Waren unter Preis verkaufte, weil seine Gattin mit dem Dirigenten zu Abend aß und im Bett des Dichters schlief, der bei Sonnenaufgang am Fenster saß und dem Diplomaten lange Reden schrieb.

Mein Großvater schnitt die Knöpfe von den Uniformmänteln und trat hinaus auf die Straße. Er war klein, und seine Augen gewöhnten sich nur langsam an das Tageslicht. Er zögerte lange, bevor er die Straße überquerte. Dann lief er los, mit kurzen, scharfen Schritten, ohne sich noch einmal umzudrehen. Ich ließ meine Hände über die zurückgebliebenen Stoffballen gleiten und prüfte ein letztes Mal die Qualität zwischen Daumen und Zeigefinger.

Dann begann ich, den Tisch für den König zu decken, der gestützt am Arm des Bischofs die Werkstatt meines Großvaters betrat, begleitet von den Hymnen des Dichters, die unter der Hand des Dirigenten träge wie Honig aus dem Mund des Diplomaten tropften. Der Kaufmann legte den schlecht verpackten Kopf des Kapitäns in die Mitte des Tisches zwischen die Kerzenleuchter. Im Eifer des Gefechts hatten sie vergessen, ihm die Augen zuzudrücken, und so starrte er überrascht in das flackernde Licht, weil er seinen Tod schon hinter sich hatte. Die anderen warfen sich auf die Stühle und machten sich über den Tisch her. Laut pries der Bischof meinen Verstand und der König meine Katzenaugen, das Größte aber ist die Hingabe, rief begeistert der Dirigent, während der Kaufmann unter dem Tisch heimlich die goldenen Uniformknöpfe zählte.

Aber als sie sich vor mir auf die Knie werfen wollten, entging ich dem Zepter des Bischofs auf der einen und dem lang ausgestreckten Arm des Dirigenten auf der anderen Seite. Ich entschlüpfte durch das offene Tor ihrer Arme, so daß sie über mir schmerzhaft aneinandergerieten. Auf dem Tisch kam der Kopf des Kapitäns in

Bewegung und rollte in den Schoß des staunenden Dichters.

Als ich mich in der Tür umdrehte, sah ich, wie sie Hand aufs Herz in ihre Westentaschen griffen, aber mein Großvater hatte die Tücher dort so gründlich vernäht, daß es ihnen nicht gelang, von mir Abschied zu nehmen.

Kopf und Kragen

Der Kopf zu schwer, die Hände zu groß, die Beine zu kurz, sagte mein Vater, setzte mich in einen Käfig und winkte mir freundlich durch das Gitter zu, während ich ihn dabei beobachtete, wie er am Küchentisch Streichholzschachteln klebte, weil er ein Bein zuwenig hatte und der linke Arm neben seinem Körper hin- und herbaumelte wie ein toter Ast im Wind. Während wir auf Männer warteten, die gesund genug sind, die Streichholzschachteln in großen Kisten aus dem Haus zu tragen, erzählte er mir von Zirkussen und Jahrmärkten und warf Brotkügelchen über das Gitter, die ich mit den Lippen aus der Luft auffing. Er ließ mich auf den Hinterbeinen tanzen und hielt mir glänzende Mohrrüben über die Nase, nach denen ich springen sollte, und ich begriff, daß er einen Tanzbären aus mir machen wollte, dem man einen Rucksack auf den Rücken schnallt und den man vor sich her durch die Welt treibt. Ach du wirst sehen, wie sehr das den Menschen gefällt, rief mein Vater und drehte sich wie ein Kreisel auf seinem Bein, so daß sein linker Arm flatterte wie die Wetterfahne auf dem Dach, die ich nur aus seinen Erzählungen kenne. War er in Stimmung, begleitete er seinen Tanz mit Gesang. Er hatte eine schöne und starke Stimme, und ich lauschte ihm mit vor Glück heraushängender Zunge und hing an seinen Lippen wie an einem Stück Marzipan.

Bald ragte meine Nase lang zwischen den Gitterstäben hervor, und mein Vater lehrte mich neue Lieder voller Wanderschaften über Berge und durch Täler, entlang an kleinen Flüssen, die durch Ortschaften fließen, an deren Eingang Bäume Spalier stehen und in deren Mitte Brunnen den Wanderer begrüßen. Nur von Mädchen werden wir nicht singen, solange wir durch die Welt gehen, ob das den Mädchen gefällt oder nicht. Ich streckte mich meinem Vater entgegen, um die Worte auf seinen Lippen besser lesen zu können, und stimmte mit vor Aufregung krächzender Stimme ein.

Hier seht ihr mich und dort meinen Vater. Er führt mich durch die Welt an der Kette seiner einbeinigen Abenteuer. Es riecht nach Wind und nach Wetter, die Sonne steht hoch am Himmel, und der Rucksack auf meinem Rücken ist leicht wie ein Päckchen Watte, nur mein Kopf auf dem breiten runden Kragen ist schwer wie ein Stein, der augenblicklich den Abhang hinunterrollen will. Auf diesem Stein haben wir gesessen und redlich miteinander geteilt, was Menschen und Bären teilen: die Früchte aus Wald und Feld und was man aus den Gärten der Menschen im Vorüberziehen in die Taschen steckt. Nirgends haben wir uns ungehörig lange aufgehalten, nicht in den Wäldern und auch nicht in den Scheunen der Menschen. Mein Vater hat sich wie ein Kreisel auf seinem Bein gedreht und mir Mohrrüben über die Nase gehängt, nach denen ich gesprungen bin, bis mir der Schweiß auf den Kragen tropfte. Ich habe Brotkügelchen gefangen wie Mücken im Flug, ich habe auf den Hinterbeinen getanzt zu den Liedern meines Vaters und meinen Kopf fest zwischen den Händen gehalten, damit er nicht wegspringt und einem unbedachten Zuschauer vor die Füße rollt.

Wenn wir am Ende waren, blieben die Leute ratlos auf

den Plätzen stehen, als wüßten sie nicht, daß uns eine Belohnung zusteht. Einige nahmen uns mit in die Wirtschaften, aber die Mahlzeiten fielen schmal und wortkarg aus, denn mein Vater trank nicht und stimmte nicht ein in die Lieder von Mädchen, die mit glühenden Augen und wehenden Röcken hinter den Hoftüren lauern.

Wer uns sucht, wird uns finden, wo man Menschen und Bären findet, in Höhlen unter Blättern vergraben in Träume, für die jede Nacht zu kurz ist. Mein Vater weckt mich vor Sonnenaufgang, reibt mir den Sand aus den Augen und schüttet kaltes Wasser hinein. Der Tag ist lang, der Weg ist weit, ruft er und schnallt mir den Rucksack auf den Rücken. Ich nehme meinen Kopf in die Hände und renne los. Hier laufe ich, und dort läuft mein Vater, seine Ungeduld auf den Fersen, während sein Schritt von Tag zu Tag langsamer wird und sein Atem kürzer.

Nachts liege ich neben ihm unter der Decke und möchte warten, bis sein Atem so kurz wird, daß er ganz verschwindet, aber mein Schlaf ist noch kürzer. Trotzdem weiß ich, daß ich eines Tages den Kopf nicht mehr zwischen den Händen halten werde. Er ist so groß geworden, daß meine Ohren schon weit über den Kragen hinausragen. Die Augen treten hervor und die Nase tropft unablässig beim Laufen hinein in die Stadt, wo auf dem Platz erwartungsvoll die Menschen stehen und klatschen, sobald mein Vater beginnt, sich auf seinem Bein zu drehen.

Und hier bin ich, mit kurzen Beinen und tropfender Nase und schmerzendem Blick beim Springen nach Rübe und Brot, und weil mir auf einmal war, als hätte mir jemand einen Knüppel zwischen die Beine geworfen, nahm ich die Hände, um die Rübe zu schnappen. Der Kopf rollte mir von den Schultern und der Stein vom Herzen direkt vor die Füße der Mädchen, die dicht hinter meinem Vater standen. Gierig stürzten sie sich darauf und begannen zu streiten, bis das Mädchen mit den kräftigsten Händen den Kopf hocherhobenen Hauptes in ihrer Schürze davontrug. Ich warf die Arme in die Luft und stolperte vorwärts mit hängender Zunge und flatterndem Kragen und warf keinen Blick zurück, nicht auf die Menge, die sich langsam zerstreute, und nicht auf meinen Vater, der mitten auf dem Platz stehenblieb wie der schmale Sockel eines örtlichen Denkmals.

Wenn die Männer kommen, um die Streichholzschachteln in Kisten zu packen und hinauszuschaffen, werde ich nicht mehr unten im Geschirrschrank neben den Töpfen hocken, um sie durch die halbgeöffnete Tür zu beobachten, wie sie auf zwei Beinen die Küche betreten und mit zwei Armen die Kisten aufheben und hinaustragen, als seien sie mit Glaswolle gefüllte Luft. Sie kehren zurück mit leeren neuen Kisten, die sie wie Kellner hoch über ihren Köpfen balancieren und schwungvoll neben dem Küchentisch absetzen. Sie schwitzen nicht und riechen nicht nach Arbeit, nur nach Wind und Wetter. Bevor sie meinem Vater ein Bündel Geldscheine in die Hand drücken, bleiben sie einen Moment lang herausfordernd in der Mitte der Küche stehen, als stünde ihnen eine Belohnung zu. Gierig wird mein Vater ihren Duft einsaugen und wünschen, daß sie bleiben. Aber er trinkt weder mit Ein- noch mit Zweibeinigen und wird keinen Winterschlaf finden.

Die Sommerverbrecher

In der Nacht vor meiner Flucht in die Sommerfrische
schlich ich ins Badezimmer, bezog Stellung vor dem
Ganzkörperspiegel, verband mir die Augen und schnitt
mir die Haare, bis ich mich nicht mehr erkannte. Vor dem
ersten Hahnenschrei bestieg ich, ein Hemd, ein Hut, eine
Schürze, den Bus. Den Sonnenschirm ließ ich da, ich
wollte kein Aufsehen erregen. Außerdem wuchsen die
Bäume im Garten unseres Sommerhauses schon in den
Himmel.

Ich hielt den Atem an bis zur letzten Sekunde und aß
den Teller leer bis zum Grund, denn meine Mutter liebte
das kratzende Geräusch von Löffeln beim Essen. Ein nur
zur Hälfte geleerter Teller weckt Mißtrauen wie ein ge-
packter Koffer vor einer angelehnten Zimmertür oder wie
ein Paar allzu frisch geputzter Schuhe auf der Schwelle.
Was soll das schon wieder, hätte meine Mutter gerufen,
der Koffer, die glänzenden Schuhe, diese Appetitlosigkeit
und der leere Blick bei Tisch! Ganz zu schweigen von ihrer Empörung beim Anblick der nicht zu Ende gelesenen
Bücher auf meinem Kopfkissen, der leeren Hefte in meinen Schubladen, des gefährlich weit geöffneten Fensters
bei Nacht und ihrer halb erhobenen Hand, die nie wußte,
in welche Richtung sie ausholen sollte, halb Krieg und
halb Frieden.

Unermüdlich bereitete meine Mutter mich auf das Leben vor, seit mein Vater eines Morgens den Bus bestiegen hatte, als führe er wieder zur Arbeit. Aber auf seinem Weg wurde es plötzlich Sommer. Ein lauer Windstoß mußte ihm ins Genick gefahren sein, so daß ihm die Tasche aus der Hand fiel und sich noch im Fallen öffnete. Akten und Hefte wehten auf die Straße, konnten jedoch von vorübergehenden Sammlern geborgen und in das nächste Museum für Arbeit und Unglück gebracht werden, das unsere Nachbarn seither an Wochenenden gern und kostenlos besuchen.

Meine Mutter verlor keine Zeit und breitete große Bögen weißen Papiers über meinen Schreibtisch, als decke sie festlich die Tafel mit folgenden Worten: Warum, lieber Vater, hast du uns verlassen, den Teller halbvoll und die Tür noch halboffen und die Hand nur so halb erhoben zum Schlag, so darf man nicht gehn! Ich füllte die Bögen bis hinunter zum Rand, denn meine Mutter liebte das Geräusch der kratzenden Feder beim Schreiben. Aber die Nachbarn riefen, man tut ja kein Auge zu, und klopften heftig gegen die Wand und behaupteten, mein Vater sei bei der Besichtigung des Museums für Arbeit und Unglück auf den Aussichtsturm gestiegen und, allzusehr in die Betrachtung des Umlands versunken, in die Tiefe gestürzt.

Zwar wußten die Nachbarn viel, aber ich wußte es besser. Mein Vater hatte sich in unser Sommerhaus zurückgezogen, wo er ohne Zweifel seine Tage damit verbrachte, die Bäume im Garten zu wässern und mich zu erwarten, während meine Mutter, deren Tüchtigkeit keine Jahreszeiten kannte, nicht müde wurde, mich bei fest verschlossenen Fenstern auf das Leben vorzubereiten.

Ich sollte Wächter werden, ein nützlicher Posten mit Sinn und Verstand und Gehalt, denn die Wächter, sagte meine Mutter und schrieb ich, kennen die Menschen besser als andere und lesen gleich in ihren Gesichtern, was gespielt wird. Trägt also einer der Besucher einen bestimmten Zug im Gesicht, so läßt man ihn gar nicht erst ein. Vielleicht ins Museum zu ebener Erde, wo sich allerlei interessante Ausstellungsstücke in Vitrinen befinden, aber niemals auf den Turm. Der Besucher würde sich allzusehr in die Betrachtung versenken und womöglich hinunterstürzen. Zwar erzählen die Nachbarn, man habe dort oben jetzt Gitter angebracht, aber wer wirklich etwas sehen will, kommt auf Zehenspitzen und ist zu allem fähig.

Solchem Unglück muß mit allen Mitteln vorgebeugt werden. Hätten wir früher schon tüchtige Wächter gehabt, wäre mein Vater gar nicht erst auf den Turm gekommen, der Wächter hätte freundlich seinen Arm zwischen meinen Vater und den Aufstieg geschoben und ebenso freundlich, aber bestimmt den Kopf geschüttelt. Mein Vater hätte auf dem Absatz kehrtgemacht, und wir säßen heute nicht vor seinem halbvollen Teller ohne Abschied und Nachricht. Aber der Wächter verstand sich wohl nicht auf die Kunst des Wachens, wahrscheinlich warf er nicht einmal einen Blick in das Gesicht meines Vaters, sondern starrte statt dessen mißmutig aus dem Fenster und ließ meinen Vater mit einem ungeduldigen Wink passieren, ohne die Eintrittskarte zu prüfen. Und das ist der Fehler, sagte meine Mutter und schrieb ich, man muß nämlich wissen, wer wo hingeht und von wo zurückkommt, alles andere ist sinnlos.

Ich wußte es besser. Mein Vater hatte niemals den Turm bestiegen, denn der Sommer war viel zu heiß, um auf Türme zu steigen. Die Wächter lagen träge in den Ecken, und mein Vater lag unter den Bäumen im Garten unseres Sommerhauses und rührte keinen Finger, um meine Briefe zu beantworten. Er wußte auch nicht, daß meine Mutter das Haus längst den Nachbarn zum Kauf angeboten hatte. Aber ich las im Gesicht meiner Mutter gleich, was gespielt wurde. Ich sah die gepackten Koffer und die geputzten Schuhe vor der Haustür der Nachbarn und hörte sie abends bei weit geöffneten Fenstern die Lieder ihrer Jugend singen, bis meine Mutter ungeduldig gegen die Wand schlug. Aber die Nachbarn lachten und sangen weiter.

Am nächsten Morgen schafften sie die Koffer zur Bahnstation, und während meine Mutter versuchte, das Geld in den Tiefen ihrer Schublade vor mir zu verbergen, schlich ich ins Badezimmer und bezog Stellung. Als meine Mutter das Geklapper der Schere hörte, riß sie die Tür auf und begann zu schreien. Ich zog mir das Tuch von den Augen und sah im Spiegel, wie sie im Türrahmen stand, die Arme ausgebreitet wie Flügel. Aber ich schob mich zwischen sie und den Eingang und schüttelte freundlich den Kopf. Man muß wissen, wer weggeht und wer nicht zurückkommt, alles andere ist sinnlos.

Die Mitte des Lebens

Wie du weißt, sagte am Morgen der Rechtsanwalt, während man in der Küche schon Sahne schlug und das Klirren von Gläsern und Gabeln hörte und die Gärtner prachtvolle Blumenkörbe durch den Garten schleppten, als solle augenblicklich geheiratet werden, wie du weißt, gibt es zwei Sorten Unglück. Und er stopfte seinem Sohn Reisegeld in die Taschen und jagte ihn durch das Gartentor hinaus bis zum Bahnhof, wo der Sohn des Rechtsanwalts auf einen vorbeifahrenden Zug sprang und sich nicht umdrehte, denn es war niemand da, um nasse Tücher zum Abschied zu schwenken.

Im Abteil saßen zwei Männer, Hüte auf Hälsen, und spielten Karten, ein Spiel, das dem Sohn des Rechtsanwalts vertraut war. Er hatte es nie gegen seine Schwestern gewonnen, die sich sämtliche Asse zugemischt hatten. Die Männer hoben weder die Hüte noch die Stiefel von den Sitzen, als er eintrat. Sie waren ganz über die Karten gebeugt und stießen spitze Schreie aus, als wollten sie Pferde anspornen beim Rennen. Nur hin und wieder öffneten sie Rucksäcke und aßen und tranken mit hastigen Bissen und kurzen Schlucken, um sich gleich wieder dem Spiel zuzuwenden. Verloren wurde kein Wort, die Sonne begann schon zu sinken, immer noch drehten sie Karte um Karte, als schlügen sie die Hacken zusammen vor einem unsichtbaren General.

Auch bei Anbruch der Dunkelheit war das Spiel nicht entschieden, aber da es kein Licht gab im Abteil und auch kein Mond zu entdecken war, schoben sie Karten und Hände in die Ärmel ihrer Mäntel und rollten sich unter ihren Hüten zusammen wie Tiere.

In der Ecke saß hungrig und mit offenen Augen der Sohn des Rechtsanwalts und lauschte ihrem röchelnden Atem. Die Hüte waren schwer auf die Kragen gesunken, aber er wagte nicht, ihre Säcke zu öffnen, und fuhr sich nur unentwegt mit der Zunge über die trockenen Lippen. Im Rattern der Räder kamen ihm die Gedanken abhanden, eine Landschaft ohne Geräusch und Kontur, Schatten von Bäumen und Augen von Tieren, Lichter von Bahnhöfen, an denen niemand zusteigt, nur das Herz schlug ihm so laut im Hals, daß einer der Männer im Halbschlaf den Hut hob und sagte, wir wissen, daß du auf der Flucht bist, aber das sind wir auch. Und der Sohn des Rechtsanwalts nahm gehorsam sein Herz in die Hand, bis es stiller wurde.

Beim ersten Sonnenstrahl saßen die Männer wieder über den Karten, aber sie spielten mit falschem Eifer und lauerten aus den Augenwinkeln, weil sie wußten, daß dem Sohn des Rechtsanwalts der Magen und die Kehle brannten. Du kennst ja die Regeln, sagte der eine, wer Hunger und Durst hat, muß etwas wagen. Sie holten ihn zwischen sich auf die Brücke ihrer Beine ans Fenster und zogen ihm das Reisegeld aus den Taschen. Da begann er, auf sie zu setzen.

Jetzt spielten sie mit fliegenden Fahnen, wie Peitschen sausten die Karten auf das Tischchen neben dem Fenster nieder, Damen und Buben und Könige, Herzen und Kreuze, und sie schrien vor Begeisterung und wurden so heftig, daß die Brücke ihrer Beine zu schwanken begann.

Dem Sohn des Rechtsanwalts schwindelte beim Blick in die Tiefe. Aber wenn plötzlich ein As in der Luft hing, herausgeschüttelt aus dem Haufen der Karten, aus einem Ärmel oder einer Hutkrempe oder einer hohlen Hand, erstarrte der Arm noch im Wurf für einen Moment, wie erhitztes Blei, das man in eiskaltes Wasser wirft. Und der Sohn des Rechtsanwalts wußte, daß er wieder verloren hatte.

Hunger und Durst verspürte er nicht mehr, er sah nur Karten und Scheine fliegen, von links nach rechts und von rechts nach links, und setzte er rechts, so gewann der zur Linken, und setzte er links, war es umgekehrt, aber wenn du nichts setzt, verlieren sie beide und werden sich auf dich stürzen wie Tiere. Da hielten sie inne und starrten ihn an, und erst jetzt sah der Sohn des Rechtsanwalts, daß sie unter den Hüten Augen hatten wie Marder auf Jagd. Langsam griffen sie nach dem Geld auf dem Tischchen und fuhren es in die Taschen ein ohne Eile und Furcht, wie Gärtner, die Rasen harken im Sommer.

Hinter dem Fenster lief lautlos die Landschaft vorbei, wie hingeschüttet ohne Sinn und Verstand. Noch einmal nahmen sie Schwung, um die Karten zu mischen, und steckten dabei tuschelnd die Köpfe zusammen, als teilten sie bereits alles unter sich auf, Wälder, Wiesen und Felder, die Bäume im Garten und das Haus mit Küche und Kuchen. Dabei kicherten sie leise wie die Schwestern beim Teetrinken auf der Terrasse, wenn der Gärtner kam, um die Anlagen zu wässern.

Der Tee in den Gläsern war eisgekühlt, auf dem Grund schwammen glänzende Zuckerstücke, und in den Händen der Schwestern glänzten Nadeln, mit denen sie unermüdlich ihren Namenszug in lange Tischdecken stießen. Aus der Küche drang das Geklapper von Tellern und Löffeln, und der Rechtsanwalt fuhr sich mit der Zunge über die Lippen, als hätte er den ganzen Tag nichts gegessen. Aber als man zum Essen läutete, stand er noch immer am Tor, die Hand über den Augen, als käme jemand die Straße herauf.

Am Zoll

Der Tag, an dem unser Onkel starb, war sonnig und klar. Der Onkel richtete sich in den Kissen auf und verlangte zum erstenmal nach Aufmerksamkeit, Kaffee und Kuchen. Später aß er keinen Bissen und trank keinen Schluck, weil ihm die Zunge im Mund aufging wie Hefe. Der Onkel ist das Sprechen nicht gewöhnt, er verläßt das Haus vor Tagesanbruch, um an der Grenze die Koffer der Reisenden und Händler zu öffnen. Alles nimmt er genau in Augenschein und kehrt erst spät in der Nacht zurück. Er legt Geld auf den Küchentisch, nimmt Brot aus dem Kasten und geht hinauf in sein Zimmer. Früher haben wir Hunde versucht, seine Spur aufzunehmen, aber der Onkel hinterläßt keinen Geruch und verstopft weder Türritzen noch Schlüssellöcher, sondern hängt die Uniform an den Haken neben dem Bett, legt sich auf den Rücken und schläft ein ohne Geräusch. Wir haben keinen Ring an seinem Finger gefunden, keine Briefe in seinen Schubladen und keine Fotografien zwischen den Wäschestücken, und so haben wir ihn im Lauf der Jahre aus den Augen verloren wie ein Möbelstück, das niemals verrückt wird und darum seinen Schatten auf immer dieselbe Stelle wirft.

Aber jetzt starb unser Onkel, und wir kauften den Kuchen, kochten den Kaffee und trugen unsere Stühle hinauf in ein Zimmer, das wir seit Jahren nicht mehr betreten haben. Der Onkel saß aufrecht in den Kissen, die glatten

Hände auf der Bettdecke, das Haar gekämmt, das Kinn frisch rasiert. Wir rutschten auf unseren Stühlen hin und her und warteten darauf, daß er anfing, seine Koffer zu packen, aber unser Onkel der Zöllner haßt das Reisen. Sein Leben lang hat er versucht, Reisende an der Grenze zur Umkehr zu bewegen, aber die Reisenden und die Händler pfeifen vor Reiselust und vor Ungeduld und scharren mit den Füßen wie Tiere, während der Onkel vorwurfsvoll in Kisten, Koffern und Säcken wühlt, Stück für Stück gegen das Licht hält und umständlich beginnt, Listen auszufüllen. Sie aber lassen sich weder belehren noch aufhalten und zahlen jeden Preis, um unterwegs zu sein.

Als unser Onkel endlich begriff, daß er keine Wahl hatte, gab er uns ein Zeichen. Erleichtert sprangen wir von den Stühlen, hoben die Koffer vom Schrank, rissen Türen und Schubladen weit auf und warfen alles hinein, was wir zu fassen bekamen: Wäsche und Listen, Krawatten und Orden, Seifen und Socken und die Handschuhe einer Frau mit kleinen Händen, die wir nie zu Gesicht bekommen werden. Wir werden ihre Geschichte nicht erfahren, denn der Atem des Onkels wird kürzer und seine Zunge dicker. Aber wir sehen den zitternden Tropfen unter seinem Kinn und die Bewegung seiner Hände auf der Bettdecke, den Ring an seinem Finger, den er vor uns verbergen möchte, die unabgeschickten Briefe in den Schubladen, die Fotografien zwischen den Wäschestükken und den Zug, der unseren Onkel ans Meer gebracht hätte an einem heißen Sommertag, aber der Zöllner ist kein Reisebegleiter, er kann gar nicht schwimmen. Er geht nur bis zu den Knöcheln ins Wasser, dann läuft er blau an bis zum Hals, und die Gäste am Strand laufen an vor Gelächter.

Vielleicht hat der Onkel versucht, die Frau mit den Handschuhen mit Kaffee und Kuchen zu bewirten, er selbst aß nichts und sah dabei zu, wie sie sich Stück für Stück auf der Zunge zergehen ließ. Die Gäste lachten noch lauter, weil man bei Hitze nicht Kuchen verzehrt, sondern Eis, und weil der Onkel nicht wußte, wie man Postkarten schreibt in Cafés und Zeitungen auffaltet am Strand. Er haßte das Reisen.

Abends gingen sie auf der Strandpromenade spazieren, wobei der Onkel wiederholt versucht haben soll, seinen Arm um die Frau mit den Handschuhen zu legen, aber die Frau war zu leicht, und der Wind wehte sie ihm unter dem Arm weg in die Arme irgendeines Strandbewohners oder eines Messerwerfers aus dem Strandvarieté oder vielleicht auch in die Arme des Kellners aus dem Strandcafé. Die Uniformen der Kellner sind auch bei glühender Hitze noch schön.

Wahrscheinlich zog der Kellner seine Handschuhe aus, als er die Frau sah, und als die Frau den Kellner sah, zog auch sie ihre Handschuhe aus und drückte sie dem Onkel in die Hand, der mit den Handschuhen auf der Promenade stehenblieb und nicht wußte, wie man zurückkommt, wenn man einmal verreist ist. Die Gäste werden sich gebogen haben vor Lachen wie der Onkel vor Scham, weshalb er seinen Fuß niemals wieder über die Grenze setzte.

Später hat der Onkel noch einmal versucht, die Frau mit den kleinen Händen zur Umkehr zu bewegen, er hat ihr mit den Handschuhen vor dem Gesicht herumgefuchtelt, aber wahrscheinlich hat sie gelacht, wie nur Frauen lachen, und hat auf die Handschuhe gepfiffen und mit den Füßen gescharrt vor Ungeduld. Dann hat sie Geld auf den Tisch gelegt und ist gegangen, denn sie war in Geschäften unterwegs.

Der Onkel blieb zurück mit Sand in den Schuhen, in Kragen und Mund, und als er jetzt versuchte zu sprechen, begann er zu husten. Er hörte überhaupt nicht mehr auf zu husten, und wir sprangen auf von den Koffern, die so voll waren, daß sie sich beim besten Willen nicht schließen ließen. Wir rissen die Fenster auf und wedelten mit der Luft herum, als könnten wir dem Onkel damit Erleichterung verschaffen. Dann hoben wir ihn an den Armen empor und klopften ihm sanft auf den Rücken, bis er nach vorne kippte und durch die Zähne pfiff, womit er uns zu verstehen gab, daß er weder mit seiner Reise noch mit unserer Geschichte einverstanden ist.

Die Hecke

Seit Monaten wissen wir, daß sich jemand eingenistet hat in der Hecke hinter dem Haus unserer Eltern. Wären wir nicht längst erwachsen, würden wir kein Auge mehr zutun und nachts, Taschenlampen in den Fäusten, unser Haus umschleichen, Fallen aufstellen und unsichtbare Fäden spannen, aber die Köder in den Fallen blieben unberührt, die Fäden unverletzt, die geharkten Wege ohne Spuren. Vielleicht würden wir Wache schieben an der Hintertür, eine Nacht mein Bruder, eine andere meine Schwester und noch eine ich. Aber endlich würde mein Bruder der Briefträger sich weigern, denn einer, der nachts nicht schläft, läuft morgens in Zäune und Hunde. Also müßten meine Schwester und ich wachen, aber meine Schwester schiebt morgens die Brote des Bäckers über den Tresen, mit einem Lächeln, das zwar nicht uns, aber den Bäcker reich macht.

So kommt es, daß nur ich Nacht für Nacht an der Hintertür stehe, die Hecke im Blick mit der Hand an der Lampe. Jede Stunde prüfe ich Fäden und Fallen, und obwohl ich nicht mutig bin, rühre ich mich erst von der Stelle, wenn der Zeitungsjunge kommt. Bevor ich ins Haus gehe, rücke ich das Schild im Vorgarten zurecht, auf dem in deutlichen Buchstaben steht, daß wir das Haus unserer Eltern zu verkaufen wünschen.

Auf meinem Weg zum Bett höre ich das Kaffeewasser

kochen und sehe durch die halbgeöffnete Tür meinen Bruder beim Bürsten der dunklen Jacke. Meine Schwester bügelt mit der rechten Hand die Schürze auf und schiebt sich mit der linken einen Apfel zwischen die Zähne. Die Bäume tragen gut in unserem Garten. Ich weiß, daß ich keinen Schlaf finden werde, bis in den frühen Mittagsstunden mein Bruder nach Hause kommt. Ich werde damit beschäftigt sein, die Treppe hinunterzulaufen, die Tür aufzureißen und die Käufer hereinzubitten, die gekommen sind, um das Haus unserer Eltern in Augenschein zu nehmen, fröhliche braungebrannte Urlauber mit großen Sonnenbrillen auf der Durchreise von einem See zum nächsten, breite Herren auf den Fahrersitzen und wachsame Damen mit befehlenden Stimmen auf Beifahrersitzen.

Ich biete ihnen Kaffee an und Gebäck aus einer großen Blechschachtel, die meine Schwester jeden Abend auffüllt, wenn sie vom Bäcker nach Hause kommt. Die Urlauber trinken gern unseren Kaffee zwischen einem See und dem nächsten und nehmen auch gern von den Keksen. Wenn sie sich satt gegessen haben und sich nur noch nach Art der Urlauber den Zuckerstaub von den Fingern lecken, beginne ich mit der Führung. Ich tue das mit Stolz, denn das Haus unserer Eltern ist klein, aber geräumig. Man kann sich aus dem Weg gehen, ohne einander aus den Augen zu verlieren. Die Sonne scheint jede Stunde durch ein anderes Fenster. Im Winter ist es bei uns länger hell als anderswo. Zum See eine halbe Stunde in jeder Richtung, ganz danach, wohin die Reise geht. Aber dies ist nicht mehr meine Stimme, sondern die meines Bruders des Briefträgers, der mir beigebracht hat, wie man mit Kundschaft umgeht, denn wir wollen das Haus unserer Eltern loswerden so schnell wie möglich um jeden Preis.

Dann wird mein Bruder aufbrechen in jene Länder, aus

denen die Briefe kommen, die er morgens den Leuten in die Kästen schiebt, meine Schwester wird für immer zum Bäcker gehen und ich meiner Wege, jeder in seine Richtung. Damit wir das begreifen, setzt mein Bruder uns mit großen Sonnenbrillen vor die Tür in den Wagen unserer Eltern und läßt uns über Land fahren, meine Schwester auf dem Fahrer- und mich auf dem Beifahrersitz. Wir starren durch die kleinen Fenster hinaus in die Landschaft, und ich wünschte, meine Schwester würde nie wieder sprechen, und das wünscht sie auch.

Aber als wir am Haus unserer Eltern vorbeikamen, zeigte meine Schwester mit langen Fingern auf das Schild im Vorgarten. Wir hielten an, stiegen aus und gingen Arm in Arm bis zur Tür, die mein Bruder von innen aufriß, als hätte er den ganzen Tag nur auf uns gewartet. Das Wasser kochte schon im Kessel, und geöffnet stand auf dem Tisch die Gebäckschachtel. Weil ich meine Hand zu tief hineinschob, schlug mein Bruder den Deckel zu und rief: Nichts da, jetzt wird besichtigt! Wir stiegen hinter ihm die Treppe hinauf und sahen zum erstenmal und mit eigenen Augen das Haus unserer Eltern.

Es ist klein und geräumig, oben zwei Zimmer, eins für die Kinder und eins für die Eltern. Man schläft hier tief und ohne Traum. Ein Blick in den Garten, die Bäume tragen sehr gut, erst letztes Jahr haben wir sie gepfropft. Wenn man sich kümmert, nicht viel, nur ein wenig, ißt man an eigenem Tisch aus eigenem Garten. Nur die Hecke muß hin und wieder gestutzt werden, sie stiehlt sonst den Blick bei klarem Wetter fast hin bis zum See, eine halbe Stunde in jede Richtung. Die Dielen sind fest wie das Dach, kein Tropfen von unten und oben, es regnet fast nie in der Gegend. Wie dann die Bäume wachsen? Das bleibt ein Geheimnis, das lieben die Leute. Die

Treppe hinunter die Küche, gleich neben dem Fenster der Tisch, die Sonne fällt jede Stunde auf einen fröhlichen Esser, die Hand um die Gabel und ein Gebet auf den Lippen. Nur die Hecke muß hier und da geschnitten werden, sonst bleibt es am Morgen dunkel, und niemand will aufstehn.

Aber noch scheint doch die Sonne hell durch das Fenster, rufe ich, das Wasser kocht ja im Kessel, nur mein Bruder würdigt mich keines Blickes. Seit Monaten glaubt er, daß ich meine Rede nicht überzeugend genug vortrage, wenn die Urlauber haltmachen, um das Haus unserer Eltern zu begutachten. Aber ich werde weiter Wache halten an der Küchentür, die Faust um die Lampe und meine Geschwister im Blick, die Brote über Tresen und Briefe in Kästen schieben. Und obwohl ich nicht mutig bin, werde ich kein Auge zutun, bis in den Fallen die Köder gefressen sind und bis ich Spuren finde auf den geharkten Wegen.

Die Küche wird dunkel sein, wenn die Urlauber eintreten und sich verwundert über die leere Gebäckschachtel beugen. Bedienen Sie sich nur, rufe ich, jetzt mit befehlender Stimme, aber vergessen Sie nicht, daß die Hecke dringend geschnitten werden muß, man sieht ja die Hand nicht vor Augen. Später werde ich sie mit der Taschenlampe bis zum Gartentor begleiten und ihnen unterwegs die Sonnenbrillen von den Gesichtern ziehen, damit sie nicht in die Zäune laufen. Bevor ich durch den Vorgarten ins Haus zurückkehre, prüfe ich ein letztes Mal Fäden und Fallen und reiße das Schild aus der Erde ohne Reue.

Die Zeugen

Nachdem kräftige Männer laut lachend, schwitzend und fluchend die letzten Stücke, zwei Betten und einen Schrank, aus dem Haus geschleppt hatten, blieb in der Mitte des Zimmers wie in Stein gehauen auf einer Kiste mein Vater zurück, die Hände vor dem Gesicht und das Gesicht auf den Knien, als warte er darauf, daß sie zurückkämen, um ihn an den Armen hochzuheben und zu den anderen Möbeln in den Wagen zu stellen. Aber die Männer machten keine Anstalten, meinen Vater von seinem Schicksal und mich von meinem Vater zu erlösen, sondern verließen, sobald ich die Papiere unterschrieben hatte, eilig das Haus.

Als die Sonne hinter den schmutzigen Scheiben unterging, ein Schauspiel, dem mein Vater sonst jeden Abend seine ganze Aufmerksamkeit schenkte, bevor er aufstand und sich anzog, um endlich seiner Wege zu gehen, saß er noch immer auf der Kiste und hob auch dann nicht den Kopf, als ich ihm eine halbleere Bierflasche vor die Füße stellte, die die Männer in einer Ecke des Flurs zurückgelassen hatten. Er trug den fadenscheinigen Anzug der letzten Nacht und eine breite, einst gelbe Krawatte, die jetzt leblos wie der Schwanz eines toten Hundes von seinem Hals herunterhing. Der Kragen seines Hemdes stand halb herauf-, halb heruntergeklappt, auf seinem Kopf saß die Karnevalistenkrone seiner wirren Haare. Und weil mir das Lachen schon bis zum Hals stand, trank ich, um es herunter-zuspülen, in langsamen Schlucken das Bier, denn ich wollte meinen Vater nicht erschrecken in seinem Kummer.

Oft habe ich so gesessen und die Reste aus den Flaschen getrunken, während mein Vater Spiel um Spiel verlor gegen Männer hinter anderen Krawatten. Er nahm mich oft mit auf seine nächtlichen Ausflüge unter dem Vorwand, mich mit den Spielregeln vertraut zu machen, aber in Wahrheit glaubte er bis zum Schluß, ich würde ihm Glück bringen. Er begriff nicht, daß wir auf der Welt sind, um uns und andere ins Unglück zu stürzen, er durch das Spiel und ich, um das zu bezeugen, weshalb meine Mutter eines Nachts offene Karten auf den Eßzimmertisch legte, mit einer beißenden Flüssigkeit übergoß und anzündete, so daß mein Vater und ich schwitzend und hustend vor den Augen keine Hände mehr sahen. Aber da war meine Mutter schon über die Berge.

Seit jener Nacht habe ich meinen Vater nicht mehr auf seinen Ausflügen begleitet. Im Schweiß meines Angesichts bürstete ich seine Anzüge und wusch und bügelte seine Krawatten und Hemden. Nur seine Kragen zu stärken, wie meine Mutter das getan hatte, gelang mir nicht, denn sie hatte mich nicht in ihre Geheimnisse eingeweiht. Schlaff wie gebrochene Flügel hingen die beiden Kragenhälften am oberen Rand der Hemden meines Vaters, was ihn verbitterte, denn er liebte feste Formen. Wenn er kurz vor Sonnenaufgang nach Hause kam, baute er sich vor meinem Bett auf und zog mich an den Schultern aus dem Kissen, kein Halt und kein Sitz, rief er laut, als trüge er eine Anklage vor. Ich stand dann auf, ging in die Küche, setzte Kaffeewasser auf und erinnerte ihn an nichts, was er selber weiß: daß er auch in gestärkten Kragen kein Spiel gewinnt und daß die Tassen, aus denen wir trinken, unsere letzten sind, weil ich längst begonnen habe, alles zu versetzen, was nicht niet- und nagelfest ist. Abends legte ich das Geld auf den Küchentisch, und er schob es eilig in die Innentasche seines Anzugs, bevor er sich aus dem Staub machte.

Erst als der Kaffee in den Tassen durchsichtig wurde, dachte ich an den Schrank meiner Mutter, denn sie war bis zum Schluß eine Frau silberner Absätze und ausladender Hüte gewesen. Und als mein Vater zwischen Sonnenaufgang und Tagesanbruch endlich unter seinem schweren Herzen ins Bett gefallen war, schob ich ein letztes Mal meine Nase in den schmalen Spalt zwischen Rahmen und Tür des Schranks, wo es noch immer nach Rauch roch und Seife. Der Schrank war leer. Ich begriff, daß mein Vater mir zuvorgekommen war, und setzte mich auf die Schwelle seiner Zimmertür, um zu warten.

Als die Männer kamen, um die Möbel zu holen, machte mein Vater keine Anstalten aufzustehen, und so zogen sie ihn lachend aus dem Bett, schleiften ihn über den Fußboden und setzten ihn auf die Kiste, wo mein Vater sitzen blieb, die Hände vor dem Gesicht und das Gesicht auf den Knien. Als es schließlich ganz dunkel geworden war, saß ich noch immer mit der Bierflasche in der Hand auf der Schwelle und starrte auf die blassen Flügel seines Hemdkragens. Seine gelbe Krawatte beleuchtete das Zimmer.

Du weißt ja immer noch nicht, wie man Hemdkragen stärkt, sagte meine Mutter, als sie hereinkam, und sie zeigte mit lang ausgestrecktem Finger auf meinen Vater, so geht man nicht auf die Straße, da lachen die Leute. Dann zog sie mich an den Schultern hoch und drehte mich herum, so daß ich ihr mitten ins Gesicht sehen mußte. Meine Mutter hat sich überhaupt nicht verändert. Ich schwieg, weil sie genau weiß, was hier jedes Kind weiß, daß die Leute immer lachen, daß mein Vater auch mit gestärktem Kragen jedes Spiel verliert und daß ich alles versetzt habe, was nicht niet- und nagelfest ist, bis auf die Kiste und meinen Vater, den wir jetzt, meine Mutter auf der rechten und ich auf der linken Seite, an den Armen hochheben und mühelos aus dem Haus tragen, denn mein Vater war durch sein Unglück leicht geworden wie eine Feder. Ich kann das bezeugen, denn während meine Mutter sich schon über die Kiste hergemacht hatte und sich umzukleiden begann, als wolle sie jeden Moment ausgehen, war ich zwischen Tür und Angel stehengeblieben und sah deutlich, wie mein Vater von einem leichten Windstoß erfaßt wurde und in der Dunkelheit verschwand.

Ritter und Duellanten

Der Held tritt aus dem Wald. Er trägt eine schwere Rüstung. Beim Gehen klirrt sie leise im Wind. Das Visier seines Helms ist heruntergeklappt. Er sieht die Welt mit anderen Augen. Als die Duellanten ihn erblicken, lachen sie. Ihre Körper haben die Schwere einer Rüstung nie gefühlt. Auf ihren kleinen Köpfen wippen lautlos glänzende Zylinder. Ihre behandschuhten Hände halten die schönen Pistolen und wissen nicht, wohin mit der Kugel. Und es beginnt zu schneien. Der Ritter hinterläßt langsame Spuren im frischen Schnee. Die Duellanten wollen das herrliche Schauspiel nicht versäumen und wischen Reif von den langen Wimpern über den kleinen Augen. Auf der Lichtung liegen schlafend schon im Schnee die Sekundanten. Nichts begreifen die Duellanten von dem, was sie sehen. Nichts klopft an die Tür ihres schmalen Geistes. Geschöpfe eines geizigen Meisters. Knapp ist der Stoff bemessen, aus dem das Innere des Duellantenkopfes geschneidert ist, so daß die Kugel leicht ihr Ziel verfehlt. Helden des Streifschusses. Männer, deren Hände in Handschuhen stecken. Die Hände des Ritters stecken in eisengeschmiedeten Fäusten.

Noch bewohne ich die Kutsche der Duellanten. Sie können mich kaum gewinnen, denn Türen und Fenster halte ich fest verschlossen. Eisblumen am Fenster. Da sah ich den Ritter, der Frauen auf kalten Burgen zurückläßt.

Sein Bett war noch warm, und mir fehlte der Mantel. Es schneite herein, als ich die Tür öffnete. Er schaffte es kaum die Stufen herauf. Ich wischte ihm den Schnee von den Scharnieren und goß Tee auf. Als er sich auf meinen Stuhl neben dem Fenster setzte, klirrte die Rüstung. Der Stuhl knirschte in den Fugen, der Ritter mißfiel ihm, der sich an weiche, dunkel fallende Gewänder gewöhnt hatte. Ich hob das Visier und goß Tee in die Öffnung. Das tat ich ohne Eile, denn vergangenes Glück sitzt mir noch im Nacken. Allzu gern wollte ich mich aber von meiner besseren Seite zeigen und warf Würfelzucker hinterher und gab sahnige Milch drauf. Der Ritter stöhnte.

Die Duellanten haben mich in ihre Dienste genommen und zahlen nicht schlecht. Hier stell dich her, sagen sie, unter diesen Baum, greif nach der spitzen Feder und stoße sie dem Ritter durch die Rüstung mitten ins Herz, so viele Federn haben Platz an seinem Herzen, ein kleiner, dicht gefiederter Vogel, der flattern will. Ich kenne aber das Grauen des Ritters bei Sonnenaufgang, wenn sich die Lippe meines Vaters auf die Lippe meiner Mutter legt. Ich höre den Leib meiner Mutter leise rascheln und wie der Leib meines Vaters leise klirrt, wenn er versucht, sich meiner Mutter zu nähern.

Niemals wird der Leib meines Vaters den Leib meiner Mutter erreichen, weil die Rüstung ihm den Weg versperrt. Das ist eine ritterliche Tatsache, die hier niemanden interessiert. Niemand möchte an der langen Kette der Erzählung zum Mitleid geführt werden. Niemand möchte ein Tanzbär sein, noch ein Hund, noch möchte er aus der Zeit geworfen werden wie der Fisch aus dem Wasser. Der Haken schmerzt tief hinten im Gaumen. Ich kam in Rüstung auf die Welt und kenne den Zustand der Schwerelosigkeit auch schwimmend im Mutterleib nicht.

Das, rief der Ritter, kann so nicht sein, gehören dir doch die Kutsche und der Stuhl, der unter mir jammert, und die Eisblumen am Fenster, die von innen her milde die Landschaft verhehlen, und der Tee, den du mir heiß in den Rachen geschüttet hast. Ich wollte antworten, aber ich schnitt mir selber das Wort vor dem Mund ab, weil ich begriff, daß er den Unterschied zwischen Besitzen und Verwalten nicht kannte. Ich lachte nur leise, und die Federn meines Kleides wippten mir auf den Hüften herauf und herunter, weil ich ja lachte oder weil die Tür doch nicht so schloß, wie ich wollte, und ein Wind ging.

Da erwachen die Sekundanten und springen auf die langen Reiterbeine. Der Schnee fällt in dichteren Flocken. Sie wischen sich die Brauen und beziehen Stellung. Nichts hört man als ihren pfeifenden Atem und das Zischen der Kugeln, langsam sinken die Arme der Duellanten an den Seiten ihrer hohen schwarzen Körper herunter. Von ferne hört man sie lachen. Ein Zylinder weht in den Schnee. Dann wird es still. Die Sekundanten öffnen kleine flache Flaschen und setzen sie sich gegenseitig an den Mund. Ich nehme den Helm vom Ritterkopf. Seine Stirn ist schweißbedeckt.

Was nicht ist

Aber nein, rief ich, als sich ein Herr, der bis dahin schweigend in Zeitungen geblättert hatte, plötzlich zu mir herüberbeugte und mir prüfend in die Augen blickte, ich bin ganz sicher nicht unglücklich. Wir hatten die Berge bereits hinter uns gelassen, und in der Ferne zeigte sich der erste schmale Streifen eines Meeres.

Also gut, sagte er, sprechen wir nicht über uns, sondern über den Himmel, man soll nach oben schauen, wenn es unten eng wird zwischen den Beinen. Ja, sagte ich, das Gewölbe ist ein süßer Trost. Woher wissen Sie das, fragte er bestürzt, haben Sie darüber gelesen? Nein, sagte ich, ich lese fast nie, ich habe es gesehen mit eigenen Augen und schmerzendem Nacken, als einmal jemand mich zwang, die Sterne zu bewundern. Aber was unten nicht ist, kann oben nicht sein. Zwar nehme ich hin und wieder das eine oder das andere Buch zur Hand, aber sobald ich mich damit auf das Sofa lege, schlafe ich ein, das Buch fällt aus meiner Hand. Von oben nach unten. Sie könnten im Sitzen lesen, warf er ein, auf demselben Sofa oder an einem Tisch oder auf einer Bank im Park. Im Freien, sagte ich, gelingt mir gar nichts, die Luft macht mich träge, und kaum sitze ich auf einer Bank, kommen die Hunde, als hätte ich Wurst in der Tasche. Da wurde er ernst und griff meine Hand und sagte, ja, so faßt man keinen Gedanken.

Hinter dem Fenster kam das Meer auf uns zu, man sah

weiße Kämme auf den Wellen. Sprechen Sie um Gottes willen nicht über das Meer, sagte ich. Wo denken Sie hin, rief er gekränkt, ich stehe das Meer überhaupt nicht aus.

Es war sehr heiß im Abteil, aber er machte keine Anstalten, das Fenster zu öffnen. Statt dessen hielt er noch immer meine feuchte Hand in seiner trockenen. Die Zeitungen waren zwischen uns auf den Boden gerutscht. Hinter dem Fenster sah man die ersten Strände. Familien in bunten Anzügen mit Hüten auf dem Kopf, Frauen mit Körben und Männer mit Schirmen und eingerollten Decken unter den Achseln, Kinder, die mit langen Halmen aus Blechbüchsen tranken und sich mit Steinen bewarfen, die sie unterwegs aufsammelten. Aber wie, fragte ich, sind in dieser Gegend die Winter? Ja eben, sagte er und ließ meine Hand plötzlich los, von Winter ist keine Rede, man liegt auf denselben Decken unter derselben Sonne am Strand, nur die Kinder wachsen eine Zeitlang nicht weiter. Dann biß er sich mißmutig die Lippen und verstummte. Nur als die Sonne unterzugehen begann, wollte er auf einmal über die Schönheit sprechen. Ich war schneller und legte meine Hand über seinen Mund und ließ sie dort liegen, bis der Zug hielt.

Auf dem Bahnsteig standen Kinder und beleuchteten von unten her mit blauen Laternen unsere Beine. Gleich hakte er mich unter und zog mich ohne Koffer wiegenden Schrittes an der Bahnsteigkante entlang bis hinunter zur Strandpromenade. Hinter uns kicherten im Dunkeln die Kinder. Auch ich begann leise zu lachen, aber er legte mir warnend die Hand auf die Hüfte. Die Bänke auf der Promenade waren leer. Kein Hund weit und breit. In der Ferne sah man gegen den Himmel den schwarzen Streifen eines Meeres.

Noch im Gehen schob er mir seine Hand hüftaufwärts

zum Hals. Als wir schließlich auf einer Bank zum Sitzen kamen, versuchte er, meinen Hals mit aller Kraft nach hinten zu beugen unter das Gewölbe des Himmels. Aber da konnte ich mich schon nicht mehr halten vor Lachen, so daß er gar nichts zu fassen bekam, nicht den Hals, nicht die Lippe und keinen Gedanken, weil unten nicht werden kann, was oben nicht ist.

Leben und Werk

Die schlecht rasierten Liebhaber stehen abends immer
paarweise an den Ecken vor dem Museum. Sie tragen un-
gebügelte Hosen und unpassende Hemden und warten
darauf, daß ich meine Arbeit beende, um mit ihnen ein
neues Leben zu beginnen. Aber ich vertiefe mich nicht in
ihren Anblick. Sollen sie pfeifen und winken, ich bin nicht
glücklich und habe nicht die Absicht, es zu werden. Auf
meinen Schultern ruht die Hoffnung einer ganzen Familie, die ihre Arbeit tut und nach getaner Arbeit den Schlüs-
sel an immer denselben Haken hängt. Ich werde meinen
Posten nicht verlassen.

Übrigens ist es nicht wahr, daß ich Messer und Gabel
nicht halte bei Tisch, ebensowenig, daß ich ungekämmt
zum Essen erscheine. Man speist auch nicht mit der Mütze
auf dem Kopf in den Kantinen. Und was die Hände be-
trifft: die Kontrollen sind streng. Die Hände liegen nicht
unter dem Tisch, sondern neben dem Teller. Gesprochen
wird während der Mahlzeiten nie, auch nicht gesungen.
Man ißt schnell und geräuschlos, kein Klappern von Mes-
sern auf Tellern. Allerdings ist es möglich, daß ich mir
einmal mit der Serviette über die Stirn fuhr, anstatt nur die
Mundwinkel zu betupfen. Es ist heiß in den Kantinen,
denn die Fenster bleiben geschlossen, und man legt die
Uniform nicht ab.

Der Aufstieg ist aber unaufhaltsam. Ich weiß, daß ich

eines Tages, aufrecht der Gang, die Knöpfe poliert, das
oberste Stockwerk erreiche, um von da an für den Rest
meines Lebens das Angesicht der schönen Tochter eines
Müllers zu bewachen, die, in einem kostbaren Rahmen
auf einem hölzernen Schemel hockend, unermüdlich
Stroh zu Gold spinnt. Noch habe ich sie nicht gesehen,
aber die Gier in den Augen der Besucher sehe ich, wenn
sie an mir vorüber die Treppen hinaufeilen, um endlich
erschöpft vor dem Bildnis der Müllerstochter in die Knie
zu gehen, und ich sehe den Glanz in ihren Gesichtern,
wenn sie zurückkommen, taumelnd die Hand am Geländer, als müßten sie augenblicklich fallen.

Einmal dort angelangt, werde ich meinen Platz nie wieder verlassen. Im großen Gedränge der Verehrung werde
ich dafür sorgen, daß niemand der schönen Tochter des
Müllers zu nahe tritt. Ich werde auch dasein, um den Be-
suchern wieder auf die Beine zu helfen, wenn ihnen vom
langen Knien das Blut in den Adern stockt. Möglich ist
auch, daß ich ihnen mit meinem Taschentuch über die
Stirn fahre. Aber die Fenster bleiben geschlossen, denn die
Müllerstochter ist leicht bekleidet.

Nachts schlafe ich nicht. Ich lasse die Tür nicht aus den
Augen. Eines Tages, das weiß ich, werden die Liebhaber
schon am frühen Morgen an den Ecken vor dem Museum
lauern. Dann werden sie wilder winken und lauter pfeifen
als sonst, denn in der Tür steht, die Stirn geschwollen, die
Taschen voll Mehl, der Müller, um seine Tochter zu holen, die schon so lange auf dem Schemel des Meisters sitzt
und spinnt. Und weil der Meister die Tochter nicht her-
gibt, greift der Müller tief in die Taschen und streut ihm
Mehl in Augen und Pinsel, worauf der Meister den Müller
verflucht, er soll keine Freude mehr haben: nicht an der
Tochter und nicht an der Mühle und nicht an dem Mehl,

aus dem Würmer kommen statt Brot. Da bricht der Müller in ein so schallendes Gelächter aus, daß die Fenster in den Kantinen und die Messer auf den Tellern zu klirren beginnen, und er läuft, an der Linken die Tochter, in der Rechten den Schemel, die Stufen hinunter. Hinter ihm hinterlassen die erschrockenen Besucher ihre Fußstapfen in einer Spur aus frischem Mehl.

Noch halte ich Messer und Gabel bei Tisch, aber von der Stirn rinnt mir der Schweiß in Bächen hinab in den Kragen, während hinter dem Fenster die Tochter des Müllers, als trüge sie nichts auf den Schultern, in die weit geöffneten Arme der Liebhaber fällt und sich für immer in ihren Anblick vertieft.

Am See

Wie beschaulich doch unsere Sommer sind, sagte zufrieden der Schmied und tätschelte Luise auf der rückwärtigen Terrasse des Hauses ein wenig unterhalb des rechten Knies, genau dort, wo sie es am liebsten hatte. Sie kicherte hell auf, dann verstummte sie wieder und starrte auf den dunklen See hinaus. Hier war einst das Tal der Kümmernisse und Schmerzen gewesen, eine fruchtlose Gegend, bis eines Tages der Schmied gekommen war. Er hatte gelacht, das Schild vor dem Hoftor zu Kleinholz gemacht, die Überreste weit von sich geworfen, ein kleines silbernes Glöckchen, ein Andenken aus seiner Heimat, aus der Tasche gezogen und damit ein neues Zeitalter eingeläutet: In einem Tag mähte er die hohe, wild wuchernde Wiese vor dem Haus, fällte mit einer Axt zwei, drei Bäume, legte Gemüsebeete an und besserte die Ställe aus, wobei er eine merkwürdige Art hatte, mit den Restbeständen des halbverhungerten Viehs zu scherzen. Danach legte er sich aufs Dach und betrank sich, ohne hinunterzufallen.

Auf dem Dach hatte er nicht nur getrunken, sondern auch Pläne geschmiedet, die er niemandem zeigen konnte, weil es kein Papier gab, um sie aufzuzeichnen, und so machte er sich ungefragt an die Arbeit. Als die Dorfbewohner merkten, daß er auch Ziegel brennen und Wasserleitungen legen konnte und daß ihm die Balken schnurgerade zu liegen kamen, obwohl er nie eine Wasserwaage benutzte, begannen sie ihn zu hassen. Nur Luise hatte ihm bereits wenige Wochen nach seiner Ankunft das Jawort gegeben, weil er die Stelle wenig unterhalb ihres rechten Knies ausfindig gemacht hatte, von deren Existenz sie bis dahin nichts geahnt hatte. Ansonsten hatte sie nichts zu bieten außer einem Hang zu übermütig geblümten Schürzen, aber sie war fleißig, und der Schmied hielt sich nicht mit Äußerlichkeiten auf.

Kein Geistlicher weit und breit wollte Luise ihr Jawort abnehmen, und so hatte der Schmied eigenhändig die nötigen Papiere ausgefertigt. Als sie gemeinsam das Dach bestiegen, um die Hochzeitsnacht zu begehen, unterzeichnete er feierlich und half Luise, auf der anderen Seite ein Kreuz zu machen. In dieser Nacht versprach er ihr ein großartiges Hochzeitsgeschenk: das Tal der Kümmernisse und Schmerzen werde bald auf immer verschwinden, er werde dort einen herrlichen See anlegen, aber als er die Hand auf die Stelle unterhalb ihres Knies legte, hatte sie seine Worte schon vergessen, denn sie glaubte weder an Märchen noch an Geschenke.

Am darauffolgenden Morgen besprach sich der Schmied mit dem Vieh. Die Hühner begannen Eier zu legen und die Kühe Milch zu geben, und Luise begann Kuchen zu backen, deren süßer Duft über die fauligen Zäune der Gegend zog, so daß den Nachbarn das Wasser im Mund zusammenlief.

Manchmal ließ er sich ganze Tage nicht blicken. Er lag dann angekleidet auf dem Bett, eine schwere Lederschürze über dem Bauch, von der er sich auch nachts selten trennte, starrte zur Zimmerdecke und trank ohne Unterbrechung. Dann stand er auf und begann das Tal zu durchstreifen. Dabei stellte er komplizierte Berechnungen an, lief hin und her, vor und zurück und bückte sich, um hier und da die Beschaffenheit des Bodens zu prüfen. Dann begann er zu graben. Viele Wochen verbrachte er damit, eine Grube von ungeheuren Ausmaßen auszuheben. Er arbeitete ohne Unterbrechung und verweigerte Essen und Trinken. Abends warf er sich auf sein Bett und fiel in Schlaf.

Gerüchte begannen die Runde zu machen: der Schmied sei gekommen, eine unterirdische Stadt anzulegen, und sei sie einmal in ihren Grundrissen fertiggestellt, würden seine Landsleute kommen und den Untergrund bevölkern. Von unten her würden sie sich, unermüdlichen Maulwürfen gleich, immer weiter voranarbeiten, bis sie schließlich das ganze Dorf unterwandert hätten, um dann durch die feuchten Dielen und schadhaften Fußböden zu brechen, das wenige zu holen, was noch geblieben war: kranke Hühner, verdorrtes Obst und abgemagerte Mädchen, denen sie von unten her ans Knie faßten, bis diese in eine Ohnmacht fielen, aus der sie nie wieder erwachten. Nachts umkreise der Schmied die riesige Grube und gebe leise Signale mit seinem Silberglöckchen, kaum hörbar, aber unmißverständlich für jene, die sie zu deuten verstehen.

In Wahrheit hatte er seine Arbeit an der Grube längst beendet und damit begonnen, deren Ränder zu bepflanzen und die Umpflanzung zu bewässern. Dann wischte er sich die Hände an der Schürze ab und ging ins Bett, um zu schlafen, zu trinken und zu warten.

Während er schlief, trank und wartete und Luise Eier und Milch zu duftenden Kuchen verbuk, begann der Wein um den See herum zu wachsen. Er wuchs so schnell, daß die Nachbarn behaupteten, man könne dabei zusehen, wie kleine Trauben aus dem Gesträuch hervorquollen und größer und größer wurden, bis sie die Größe eines

Ballons erreichten und schließlich unter erschöpftem Platzen den Wein, der rubinrot war, in die Grube entließen. Und während sie selbst im Herbst mit nackten Füßen auf ihrer kümmerlichen Ernte herumstampften, bis sie ein Faß ihres mißmutigen Tropfens in den Keller hinuntertragen konnten, machte sich der Schmied die Füße nicht schmutzig.

Nach einem Jahr war das Tal der Kümmernisse und Schmerzen ganz von Rotwein überflutet. Es genügte, sich auf die rückwärtige Terrasse des Hauses zu setzen, um sich vollkommen zu berauschen. Man erzählt sich, daß in Vollmondnächten der Schmied mit Luise in den See steigt, um sie zu baden, wachsweiß schimmert Luises Haut im Mondlicht, während der Schmied selbst beim Baden die Schürze nicht abnimmt. In diesen Nächten beginnt das Vieh in den Ställen zu plaudern, die Hühner wachsen zu übernatürlicher Größe heran und trinken sich satt an der sahnigen Milch der Kühe.

Als sie kamen, um den Schmied zu holen, fanden sie ihn zusammen mit Luise, die eine leuchtende, frisch gestärkte Schürze trug, auf der rückwärtigen Terrasse des Hauses, wo sie die süßlich schwere Seeluft einatmeten und kein Wort verloren. Jetzt kommen sie endlich, sagte der Schmied, ohne sich umzudrehen, als er die Schritte hörte. Dann streckte er seine Arme weit aus über den See und bot ihnen lange Schläuche zum Trinken an und schickte Luise in die Küche, um Kuchen zu holen.

Als Luise, die Arme voller Kuchen, auf die Terrasse zurückkehrte, hatten sie ihm bereits so zugesetzt, daß sie ihn nicht wiedererkannte. In seiner rechten Hand hielt er das Silberglöckchen so fest umschlossen, daß es unmöglich aus seiner Faust zu lösen war. Es bimmelte unaufhörlich, als sie es samt seinen Überresten in die schwere Leder-

schürze wickelten, und verstummte erst, als die fest ver-
schnürten Teile des Schmieds im See versanken.

Nach getaner Arbeit griffen die Männer nach den
Schläuchen und nach den Kuchen, und wie ein Mann faßten sie von unten her und langsam auf Luises Knie, so
lange, bis sie in eine Ohnmacht fiel, aus der sie nicht erwachte.

Die Hochzeit

In unserer Gegend weiß jeder, warum der Sohn des Gastwirts, ein stummer, etwas kurzsichtiger Junge mit rost-
roten Wangen und vollen Lippen, der den ganzen Abend
teilnahmslos Gläser ausgetragen, eingesammelt, aufge-
füllt und wieder ausgetragen hatte, in den frühen Mor-
genstunden auf die Bühne stieg und dem Trompeter, der
gerade die Trompete zu einem allerletzten Tusch auf das
Brautpaar an den Mund gesetzt hatte, mit solcher Wucht
das vollbeladene Tablett auf dem Schädel zerschlug, daß
diesem das Blut aus Ohren und Nase schoß.

Wenige Stunden zuvor war das Brautpaar noch schön
gewesen: die inneren Ellbogen schmerzhaft ineinander
verhakt, die Zähne gebleckt, die freien Arme mit den an
den Händen befestigten Gläsern geradeaus in das Viereck
der Tische gestreckt, lächelten sie in die Gesichter der Familien beiderseits, als könnten sie sich einen Fotografen
leisten.

Später achtete niemand mehr auf die Musik. Auf der
Bühne saß neben dem Trompeter ein Mann an einem Pla-
stikklavier, die Paare drehten sich im Kreis und traten einander auf die Füße. Zwischen den Tanzenden lief wie ein
Wiesel der Brautvater hin und her und zischelte jedem ins
Ohr, dieser Abend sei sein Ruin, denn man rolle einzig auf
seine Kosten die Braten von Tisch zu Tisch und die Fässer
aus dem Keller, und hätte er nicht dreimal mit dem Fuß

aufgestampft, wäre die Kapelle überhaupt nicht mehr erschienen. Beim Reden zog er die schlaffen Wangen hörbar mit den Zähnen nach innen, so daß er im Zwielicht des dürftig geschmückten Saals tatsächlich krank aussah. Aber die Onkel zweiten Grades, die alle Hände voll zu tun hatten, ihre Nichten unauffällig über den Tanzboden zum Ausschank zu schieben, klopften ihm nur auf die Schulter, und die Nichten riefen, es ist ja aus Liebe, aus lauter Liebe und tranken das Doppelte.

Als der Trompeter mißmutig zu einem zweiten Tusch auf das Brautpaar ansetzte, saß die Braut bereits heulend am Tisch. Sie wischte sich mit dem Tischtuch über das verschmierte Gesicht, während die Brautmutter damit beschäftigt war, ihr die Frisur zu richten, die immer wieder nach vorne rutschte, da der Kranz auf dem Kopf der Braut so schlecht befestigt war, daß er keine zwei Tänze überstand. Das hat sie mit Absicht getan, schrie die Brautmutter, aber der Vater des Bräutigams, der sich die Schwester der Braut in den Arm gehängt hatte, wies mit dem Kopf zur Saaluhr hinüber, die fast Mitternacht zeigte, und schob einen Schnaps über den Tisch. Lang muß er ja nicht mehr halten, sagte er, und die Brautmutter stürzte erleichtert den Schnaps hinunter, als habe sie soeben erfolgreich ein Pferd verkauft.

Um Mitternacht intonierte die Kapelle einen dünnen Hochzeitsmarsch, der die Gäste noch einmal von den Stühlen holte, obwohl keiner mehr auf zwei Beinen stand. Wie ein Mann warfen sie sich auf die Braut, die mit den Händen über dem Kopf auf dem Boden hockte und Anstalten machte, unter den Tisch zu kriechen. Aber die Onkel erwischten sie am äußersten Zipfel ihres Kleides und zogen sie zurück in die Mitte des Saals. Unter Johlen und Schreien rissen die Gäste den Schleier samt Kranz vom

Kopf, so daß die Haartracht der Braut endgültig in sich zusammenfiel. Der Kranz flog quer durch den Raum und dem Sohn des Wirts zwischen die Gläser, der, noch röter im Gesicht, mit schwankendem Tablett den rettenden Tisch erreichen wollte. Aber die Nichten machten sich von den Onkeln los und drückten ihm kichernd den Kranz auf den Kopf, also du bist der nächste, riefen sie und flankierten ihn wie zitternde Bäumchen, während die übrigen Gäste die Beute untereinander verteilten und vergeblich versuchten, die Fetzen des Schleiers einander in Knopflöcher und Hüte zu binden, denn sie lachten und schwankten sehr.

Der Sohn des Wirts arbeitete jetzt unermüdlich. Er glitt wie ein Schatten auf Kufen durch den Saal und verlor mit jedem Glas, das er ausschenkte, an Gewicht und Kontur. Am Ausschank stand reglos der Wirt und bediente den Zapfhahn. Wir werden ihn niedertrinken bis auf die Grundfesten, schrie der Bräutigamvater. Er dirigierte seine Rede mit der ausgestreckten Linken, in der er den rechten Schuh der Braut hielt. An den Wänden lehnten wie Scheite die Onkel und wußten nicht mehr, welchem Teil der Familie sie angehörten. Langsam wie im Frühling der Schnee von den Dächern rutschten sie auf den Boden, wo sie einschliefen, einer den Kopf auf der Schulter des nächsten, als wüßten sie nichts von Feindschaft.

Als man merkte, daß dem Bräutigam die Braut fehlte, war es bereits weit nach Mitternacht. Der Bräutigam lag unter dem Tisch, nicht mehr imstande, den Bräuchen Rechnung zu tragen. Überhaupt wollte sich keiner auf die Suche machen, denn sie schliefen und tranken abwechselnd, und das Wetter war schlecht. Und so fiel die Wahl auf den Wirtssohn, den man erstens für unschuldig, zweitens für nüchtern und drittens für entbehrlich hielt, und einer muß gehen. Nur der Wirt nahm die Hand vom Zapfhahn, um seinen Posten zu verlassen. Lehrzeit ist nicht Hochzeit, rief er, und Hochzeit nicht Lehrzeit, aber Braut- und Bräutigamvater, plötzlich einig wie Brüder, hielten ihn fest, bis der Sohn mit fliegenden Schritten den Saal verlassen hatte.

Dann sprangen die Väter auf den Tisch und bewarfen sich wieder mit Lehm. Sie stritten um die Morgengabe, die der Bräutigamvater nicht hergeben wollte. Aus Liebe, schrie er, aus lauter Liebe setze ich keinen Pfennig. Sie stießen einander die Fäuste ins Genick und brüllten dabei so laut, daß an den Wänden die Onkel zu neuem Leben erwachten, auf die Beine kamen, den Tisch umringten und klatschend die Verse unserer Gegend deklamierten. Unter dem Tisch rieb die Bräutigammutter ihren Sohn mit feuchten Servietten ab, erst die Hände, dann die Stirn, und da alles nichts nützte, riß sie ihm das Hemd über der Brust auf, daß die Knöpfe über den Boden rollten. Wärst du bei mir geblieben, flüsterte sie, wäre das nicht passiert. Stöhnend drehte sich der Bräutigam unter den Händen der Mutter im Schlaf auf die andere Seite.

Als im Morgengrauen die Musikanten begannen, ihre Instrumente zu verstauen, ging plötzlich die Tür auf. Herein trat am Arm des Wirtssohns ohne Schleier und Kranz und Schuh die Braut. Sie war völlig durchnäßt, ihr Kleid war zerrissen, und sie trug einen Ausdruck großer Zufriedenheit auf dem Gesicht. Der Wirt runzelte die Stirn, und der Trompeter packte sein Instrument wieder aus. Die Braut ging durch den Saal hinüber zu dem Tisch, auf dem die Väter sich wie Hunde ineinander verbissen hatten, und bückte sich, um nach dem Bräutigam zu fischen. Sie erwischte ihn am äußersten Zipfel seines Hemds und zog ihn heraus in die Mitte des Saals, was sie Kraft kostete, weil am anderen Ende die Bräutigammutter mit Zähnen und Klauen gegenhielt. Während die Braut noch über den Boden kroch, um die Hemdknöpfe einzusammeln, stieg der Sohn des Gastwirts auf die Bühne und schlug von hinten dem Trompeter, der eben zu seinem allerletzten Tusch angesetzt hatte, das vollbeladene Tablett über den Schädel. Dem Trompeter rutschte die Trompete von den Lippen, und sie blieb baumelnd in seiner rechten Hand hängen. Staunend, als könne er die Geschichte unmöglich glauben, stierte er dem Sohn des Gastwirts in die Augen, und es dauerte lange, ehe er in die Knie ging und seinen Kopf behutsam vor sich auf die Dielen legte.

Der Klavierspieler schlug jetzt kräftiger in die Tasten, und die Gäste begannen zu tanzen, als hätte der Abend erst begonnen. Der Wirt stand am Zapfhahn und füllte die Gläser. In der Mitte der Bühne stand, im Arm das leere Tablett, der Sohn des Wirts und wartete auf die Belohnung. Die Braut lachte sehr und bleckte die Zähne, aber als er sich zu ihr hinunterbeugte, um sich küssen zu lassen, küßte sie, immer noch lachend, ihren schlafenden Bräutigam, aus Liebe, aus lauter Liebe, wie man in unserer Gegend meint.

Not und Tugend

Am Ende, beim Öffnen der Säcke, kam alles zum Vorschein, Feigheit und Gier und schlechte Gewohnheit und daß wir zu spät und mit Dreck an den Stecken ans Tageslicht gekrochen waren wie verirrte Maulwürfe. Aber aufgewachsen waren wir unter den Händen von Friseuren, Schneidern und Schustern, nie hatten wir die Erde mit eigenen Sohlen berührt, Winter und Sommer waren uns gleich. Wir wußten nicht, wie man Äpfel von den Bäumen holt, aber wir träumten davon, kleine Mädchen in großen Schmetterlingsnetzen von den Schulwegen wegzufangen und zu verkaufen an Sammler in ferne Länder. Fluchen wollten wir dabei wie Matrosen, obwohl in dieser Gegend niemand weiß, wie Matrosen fluchen.

Mittags waren wir wieder fröhlich und aßen Fleisch mit Messer und Gabel und wischten heimlich die Finger blank an den Hosenbeinen. Zum Nachtisch schmiedeten wir Pläne aus Eisen. Wenn sie in unseren Händen zu heiß wurden, ließen wir sie fallen, rannten hinunter in die Küche und riefen nach warmem Kakao. Nachmittags streiften wir durch die Stadt und versuchten, die Leute zu erschrekken, aber sie drehten sich nicht einmal um. Wen wollten wir denn erschrecken von Fratze zu Fratze, mein Bruder und ich, höchstens uns selbst beim Blick in den Spiegel auf ein unbekanntes Gesicht. Wir drehten uns vorsichtig um, als stünde einer hinter uns, der uns den Platz streitig machen wollte, aber wir gähnten nur uns selbst aus dem Spiegel entgegen und starrten in unsere offenen Münder wie in Gruben, in die keiner mehr einfährt.

Ob unsere Mutter uns liebte? Ja, unsere Mutter liebte uns, sie gab uns erst Milch und später Kakao und wechselte auch die Straßenseite, wenn wir an der städtischen Anstalt vorbeikamen. Kinder mit riesigen Köpfen und Armen wie Paddel brüllten und warfen zum Gruß die Beine in die Luft, die aussahen wie Stelzen. Das ist der Zoo, und dort sind die Affen, sagte unsere Mutter und drehte uns die Köpfe scharf auf die Seite, so daß wir fast in die Schaufenster fielen. Sucht euch was aus, rief sie fröhlich, und wir kehrten nach Hause zurück, die Taschen gestopft mit Schiffchen und Reitern.

Sonntags im Zoo trafen wir die Kinder wieder, in Pelze gewickelt, jetzt durften wir hinschauen und raschelten laut mit der Tüte. Sie hüpften und streckten die Arme lang durch die Gitter, und begeistert warfen wir Nüsse, denn Geben macht groß. Sie dankten artig und unter Verbeugung, und wir wischten einander das Salz von den Nüssen in die feuchten Innenflächen unserer Hände. So klebten wir aneinander, mein Bruder und ich, bis der Abend kam. Dann standen wir nebeneinander am Waschbecken und wuschen unsere Hände in Unschuld.

Beim Öffnen der Säcke kam alles zum Vorschein, das Salz und die Schuld und die Rechnung des Schusters, die in Nüssen nicht aufzuwiegen ist. Und als mein Bruder den ganzen Rest vor mir verbergen wollte, entriß ich ihm den Sack und drehte ihn vom Kopf auf die Füße. Mit Zähnen und Klauen stürzten wir uns auf die Beute, auf Pferde und Schiffchen und Reiter, wir zogen und zerrten, jeder auf seiner Seite, und fluchten und stöhnten wie die Matrosen. Und als wir uns so in den Haaren lagen mit pfeifendem Atem, wußten wir, daß wir spurlos einer im Rachen des anderen von der Erde verschwinden werden.

Aber hier ist das Buch unserer Rettung, und dort steht geschrieben, ich bin der Kaiser Augustus, und du bist mein Henker, hier kommt alles ans Licht: Sie laufen in ihren Schuhen, bis sie endlich auf eigenen Sohlen den Boden berühren und spüren, daß es kalt ist und Winter. Sie schmieden Pläne wie heiße Eisen und tragen sie in ihren Taschen umher durch die Stadt, bis sie in Flammen aufgehen wie lebende Fackeln. Feuer Feuer, rufen die Leute, und sie lachen und rufen zurück, nutze die Flamme, sie wärmt! In Schmetterlingsnetzen fangen sie die Mädchen und verkaufen sie an Liebhaber in fremde Länder. Vorher lösen sie ihnen die Schuhriemen und Schürzenbänder, damit die Schrift sich erfüllt: dem Kaiser, was des Kaisers ist, und dem Henker, was des Henkers ist. Sie röcheln dabei und essen fröhlich das Fleisch mit den Händen und wischen einander das Fett ins Haar. Nachmittags laufen sie in den Zoo und necken die Wärter mit Stöcken und Stangen. Sie reißen die Käfigtüren auf und brüllen den Tieren zu, Feuer Feuer! Die Wärter schütteln wütend die Faust, sie aber sind schneller, und langsam fallen die Wärter hinter ihnen in den Schnee. Schämt ihr euch nicht, schreien sie, zu Hause sitzt weinend die Mutter, und der Kakao in den Bechern wird kalt. Kakao Kakao, rufen wir jetzt wie das Echo, schon Wind in der Nase, und schwingen die Arme wie Paddel, wir schiffen uns ein mit Zwieback und Rum und einem schönen Gruß an die Mutter.

Aber als wir das Schiff erreichten, lachte der Kapitän, und die Matrosen streckten die Arme durch die Gitter und warfen mit Nüssen. Wir dankten artig, leckten das Salz aus den Innenflächen unserer Hände und winkten, bis kein Schiff mehr im Hafen war.

Am Ende klopften mein Bruder und ich uns den Staub und das Salz von den Kleidern und den Kalk aus den Gliedern. Wir schlugen uns sogar auf die Schultern wie erwachsene Männer nach verlorenem Kartenspiel. Morgen gehen wir zum Schuster und begleichen die Rechnungen unserer Mutter. Wir sind nicht allein, wir gehen zu zweit. Wenn man uns fragt, wo ist dein Bruder, sagen wir, er ist hier, erschlagen wird niemand, der Schuster nicht und nicht der Schneider. Auch nicht der Friseur, der uns liebevoll durch das Haar geht wie Kindern und sagt, wir sind alt geworden in Würde.

Inhalt

In den zwanzig Geschichten dieses Buchs führt Felicitas Hoppe den Leser in abgründige Welten. Eine Laune des Schicksals oder ein seltsamer Zufall verschlägt ihre Helden an Orte, wo sie sich zurechtzufinden versuchen. Sie sind Streifschußhelden und Ritter des Unglücks. Die Dramaturgie dieser Geschichten folgt einer Traumlogik. Es gibt keinen sicheren Boden, weder für die Helden noch für den Leser.

Felicitas Hoppe erzählt von überstürzter Abreise und ungewisser Ankunft, Familien- und Kindheitsgeschichten, melancholische Märchen und luftige Burlesken. Das Komische und das Unheimliche liegen dicht beieinander. Der Vater verwandelt sich in ein Möbelstück, Mieter fallen vom Balkon, die Schiffsreise geht nicht zu Ende, der Zöllner versucht vergeblich, die Reisenden von ihren Plänen abzubringen.

Die Prosastücke Felicitas Hoppes sind geschliffene Miniaturen, hochliterarisch und zugleich höchst unterhaltsam, komisch, absurd, manchmal bitterböse, voll atemberaubender Phantasie. Ein Buch für Liebhaber irritierender Geschichten.

Felicitas Hoppe, 1960 in Hameln geboren, studierte in Tübingen, Berlin, Rom und in den USA, arbeitete als Dramaturgin und als Journalistin, lebt als freie Autorin in Berlin. Für «Picknick der Friseure» erhielt sie 1996 den «aspekte-Literaturpreis».